AF189806

Tucholsky Wagner Zola Scott Sydow Freud Schlegel
Turgenev Fonatne
Wallace
Twain Walther von der Vogelweide Fouqué Friedrich II. von Preußen
Weber Freiligrath Frey
Kant Ernst
Fechner Fichte Weiße Rose von Fallersleben Richthofen Frommel
Hölderlin
Engels Fielding Eichendorff Tacitus Dumas
Fehrs Faber Flaubert Eliasberg Ebner Eschenbach
Feuerbach Maximilian I. von Habsburg Fock Eliot Zweig Vergil
Ewald
Goethe Elisabeth von Österreich London
Mendelssohn Balzac Shakespeare Dostojewski Ganghofer
Lichtenberg Rathenau Doyle Gjellerup
Trackl Stevenson Hambruch
Mommsen Tolstoi Lenz Hanrieder Droste-Hülshoff
Thoma
Dach Verne von Arnim Hägele Hauff Humboldt
Reuter Hagen Hauptmann Gautier
Karrillon Garschin Rousseau Baudelaire
Damaschke Defoe Hebbel
Descartes Hegel Kussmaul Herder
Wolfram von Eschenbach Dickens Schopenhauer Rilke George
Bronner Darwin Melville Grimm Jerome Bebel
Campe Horváth Aristoteles Proust
Bismarck Vigny Barlach Voltaire Federer Herodot
Gengenbach Heine
Storm Casanova Tersteegen Gilm Grillparzer Georgy
Chamberlain Lessing Langbein Gryphius
Brentano Lafontaine
Strachwitz Claudius Schiller Kralik Iffland Sokrates
Bellamy Schilling
Katharina II. von Rußland Gerstäcker Raabe Gibbon Tschechow
Löns Hesse Hoffmann Gogol Wilde Gleim Vulpius
Luther Heym Hofmannsthal Klee Hölty Morgenstern Goedicke
Roth Heyse Klopstock Kleist
Luxemburg Puschkin Homer Mörike Musil
La Roche Horaz
Machiavelli Kierkegaard Kraft Kraus
Navarra Aurel Musset Moltke
Nestroy Marie de France Lamprecht Kind Kirchhoff Hugo
Laotse Ipsen Liebknecht
Nietzsche Nansen Ringelnatz
Marx Lassalle Gorki Klett Leibniz
von Ossietzky May Irving
vom Stein Lawrence
Petalozzi Knigge
Platon Kafka
Sachs Pückler Michelangelo Kock
Poe Liebermann Korolenko
de Sade Praetorius Mistral Zetkin

Der Verlag tradition aus Hamburg veröffentlicht in der Reihe **TRADITION CLASSICS** Werke aus mehr als zwei Jahrtausenden. Diese waren zu einem Großteil vergriffen oder nur noch antiquarisch erhältlich.

Symbolfigur für **TRADITION CLASSICS** ist Johannes Gutenberg (1400 — 1468), der Erfinder des Buchdrucks mit Metalllettern und der Druckerpresse.

Mit der Buchreihe **TRADITION CLASSICS** verfolgt tradition das Ziel, tausende Klassiker der Weltliteratur verschiedener Sprachen wieder als gedruckte Bücher aufzulegen – und das weltweit!

Die Buchreihe dient zur Bewahrung der Literatur und Förderung der Kultur. Sie trägt so dazu bei, dass viele tausend Werke nicht in Vergessenheit geraten.

Der bayrische Watschenbaum

Georg Queri

Impressum

Autor: Georg Queri
Umschlagkonzept: toepferschumann, Berlin

Verlag: tredition GmbH, Hamburg
ISBN: 978-3-8424-7036-1
Printed in Germany

Text der Originalausgabe

Georg Queri

Der bayrische Watschenbaum

Der Watschenbaum

Da gibt's Leut', die in der Welt herum kommen sind, und Leut', denen's daheim viel lieber ist. Die einen sind Landbriefträger, italienische Maurer, Professer und Bändlhausierer. Die andern sind verheiratet.

Die wissen nichts, die andern.

Aber die einen kennen sich aus in der Welt und wissen, was das im Bayrischen bedeutet: eine Watschen. Wenn sie wieder heimgereist sind, horchen alle Leut' auf, und sie erzählen's und fangen an, zu übersetzen: »Eine Ohrfeige. Eine Maulschelle. Eine Backpfeife.«

Je nach der Sprach' daheim. Aber die Watschen hat halt dann den richtigen Klang nicht mehr.

Was aber Watschenbaum heißt, das wissen die wenigsten Leut'. Da muß man sich schon gut umgesehen haben in der Welt: bis Sankt Barthlmä, bis Chieming, bis Rottach und bis in die Scharnitz muß man gekommen sein, dann kann man reden über Land und Leut'.

Dann kann man auftrumpfen: der Watschenbaum, das ist kein Baum, er tut nur so. Der Watschenbaum ist ein fester Arm, und was fünffingerig dranhängt, daraus macht man die Watschen.

Wenn der Arm, quasi Baum, umfällt, dann ist eine Watschen reif geworden und muß weg.

Und was g'scheidte Leut' sind, die gehen da nicht hin, wo die Watschenbäum' umfallen.

Oder sie stehn ein bissel weiter weg, schauen zu, nichts anderes, schätzen den Mann ein, der haut, messen die Watschen und taxieren den, der sie abnehmen muß. Es ist ja weiter nix dabei – is halt ein Watschenbaum umgefallen.

Is er halt umg'fallen!

Jetzt (alle miteinander laut mitsagen): Der – Watschenbaum – ist – umgefallen.

Noch einmal. Es lernt sich nicht so leicht. Aber es kann für das ganze Leben von Wert sein.

Die vom Vierten bayrischen Infanterieregiment sind Rheinpfälzer. Sie machen Wein statt Bier und haben auch sonst eine andere Sprach'.

Wie sie auf der Combreshöhe gelegen sind, hab' ich ihnen einen Gesang gedichtet.

> »Der Hauptmann hat uns ja gesaget:
> wir tun die Vierten Bayern sein,
> die wo den Watschenbaum hintragen
> wohl auf die schöne Côt' Lorrain'.«

Sie haben die Köpf' geschüttelt: »Watschenbaum??«

»Jawohl, Watschenbaum!«

»Die hawwe mer net.«

So sind die Menschen. Lassen immerzu auf der Combreshöhe den Watschenbaum fallen und wissen es nicht. Herrjeh: und die Franzosen wissen es.

Aber ich hab' mich dann doch verständigt:

> »Der Hauptmann hat uns ja geschliffen
> an dem Gewehr das Banganett,
> das wo hinein in den Pariser
> und wo auch wieder außergeht.«

Das haben sie alle begriffen, die Vierer. Aber halt den Watschenbaum nicht.

Eigentlich könnt' man stolz darauf sein, daß die bayrische Welt so groß ist, daß ein Bayer den andern nicht mehr in seiner Sprache verstehen kann.

Aber Watschenbäum' sollt' man halt doch überall haben und überall verstehen.

Der Pfanzelter Gidi hat schöne Geschichten vom Watschenbaum gewußt.

»Von alle Bäum',« hat er gesagt, »die wo im Paradeis g'standen sind, is einer net im Paradeis g'standen.

Der Birnbaum ist dring'standen wegen dem Essen, der Kranawitter wegen dem Schnaps, und der Zwetschgenbaum is dring'standen auch wegen dem Schnaps, und daß man die Dampfnud'ln net so trocken essen muß – aber der Watschenbaum is net dring'standen.

Hat sich der Erzvater Adam alleweil denkt: Mir geht was ab! Was geht denn mir ab?

Sagt der liebe Gottvater: Lieber Erzvater Adam. fehlt dir vielleicht ein Enzianschnapsl? Geh nur hin zum Branntweiner im Seligkeitsgass'l, der muß dir geben so viel als du willst.

Nein nein, kein Enzian tät ihm net fehlen.

Vielleicht aber eine frische Maß? Wär' ein traurigs Paradeis, in dem net alleweil frisch anzapft is.

Nein nein, eine frische Maß tät er auch net mögen.

Oder ein schönes neues Gewehr für die Hirschbrunft oder ein g'selchtes Fleisch mit Kraut? Der neue Büchsenmacher an der Fegfeuergassen arbeit' gut und die alte Köchin vom Sankt Peterlbräu – lieber Erzvater Adam, die kennst ja!

Nein nein. Nix Hirschbrunft, nix G'selchts.

Himmisaggradi! ärgert sich der liebe Gottvater. was willst denn, Mannsbild, traurigs?

Wann ich's halt net weiß!!

Du kannst mir g'stohln wern! schimpft der liebe Gottvater; jetzt hast Zeit bis zum Elfeläuten, da denkst dir drei Wünsch' aus – und was dir das Liebere is von den drei Sachen, das sollst haben. Überleg dir's aber gut, das sag ich dir. B'hüt dich Gott, lieber Erzvater Adam.

B'hüt dich Gott, lieber Gottvater.«

Hier muß der Pfanzelter Gidi (so oft er die Geschicht' erzählt) sein Pfeiferl ausklopfen, ein frisches stopfen und ganz langsam anzünden. Dann tut er sich mit der Pfeif' auf wie der schmauchende Gottvater, läßt den Adam im Raten und Nachdenken und läßt sich dreimal fragen, wie denn die Sach' weitergeht.

»Und auf einmal,« sagt er dann, »auf einmal is der Adam draufkommen, was ihm am meisten abgeht im Paradeis.

Das is einmal der schöne Schmalzlerbrasil vom Lotzbeck in Landshut – der schnupft sich so schön, daß die Nasen ganz geschwollen wird vor Eitelkeit und meint, sie is ein Honighaferl. Also ein Schmalzlertabak!

Das is zum zweiten ein schöner Watschenbaum, fest und stark, und rundrum lauter Watschen dran – müßt' g'rad' eine Freud' sein, alle Freunderl unter den Baum stellen und ihn umfallen lassen. Also ein fester Watschenbaum!!

Das is zum dritten – ein Weibets.

Ein Weibets zum dritten.

Ein Weibets zum ersten, zum zweiten und zum dritten. Die Nasen braucht nicht zu meinen, daß sie ein Honighaferl is, die Freunderl können sich watschen lassen, von wem sie wollen – aber ein Weibets muß her. Ein Weibets, juhe!

Und ums Elfeläuten kommt der liebe Gottvater.

Grüß dich Gott, lieber Erzvater Adam.

Grüß Gott auch, lieber Gottvater.

Hast deine drei Wünsch' beieinand'?

Ja, die hätt' er. Einen schönen Lotzbecker Nummer zwei – –

Der liebe Gottvater sagt: Hehe, du bist einer, der wo sich auskennt mit die guten Sachen. Schauschau, einen Lotzbecker Nummer zwei! Is mir aber nix zu gut und zu teuer für den ehrengeachteten Herrn Erzvater Adam. Nix zu gut und zu teuer.

Und dann wär' aber auch ein Watschenbaum schon gar nix Schlechtes. Einer mit recht viel Watschen dran, lauter saftige, daß ein jeder zufrieden is!

Lauter saftige! lacht der liebe Gottvater mit. Freilich, saftig wann sie net sind! Jaja, das kann ich schon machen, die Sach' mit dem Watschenbaum. Einen solchenen kann ich erfinden und erschaffen, da is nix weiter dabei. Das mach' ich noch nach dem Gebetläuten, wenn's sein muß.

Ja, sagt der Erzvater Adam nachsinnierig, das glaub' ich schon, daß da nix weiter dabei is. Aber wann ich keinen Watschenbaum net mag?!

Net magst?

Nein. Und keinen Lotzbecker Nummer zwei auch net.

Auch net magst??

Nein. Ein Weibets muß her, lieber Gottvater. Ein Weibets!

Da is der liebe Gottvater so viel erschrocken, daß ihm die Pfeif' aus den Zähnen geschloffen is. Sie fallt auf den Boden und zerbricht in tausend Scherben.«

»In tausend Scherben,« wiederholt der Pfanzelter nachdenklich und läßt das Erzählen eine Weil' lang gut sein.

»Tu weiter, Pfanzelter, tu weiter!«

»Ja, da muß man ein bissel ausrasten und sich die G'schicht' überlegen. Und dann muß man sagen: Wann einem so wohl is, daß einem net wöhler sein kann, dann fangen halt die Dummheiten an.

Und so sind die Mannerleut' heut noch: Wann einem zu wohl is in seiner Haut, dann sagt er, jetzt muß ein Weibets her. Ein Weibets!

Solche Dummheiten sind halt einmal auf die Welt kommen und sterben net mehr aus.

Kannst nix machen.«

Und lang muß der Pfanzelter Gidi an seinem Pfeiferl schmauchen. ehbevor er wieder weitererzählen mag.

»Also: der liebe Gott geht heim, holt sich ein anderes Pfeiferl, überlegt sich die G'schicht' am Hinweg und am Herweg und schüttelt den Kopf.

Da wär' ich wieder, lieber Erzvater Adam.

Das tät er schon selber sehen! meint der Erzvater Adam und tut verdrossen.

Und jetzt wirst dir die G'schicht' wohl noch einmal überlegt ham, lieber Erzvater Adam. Du Sappermenter, du, du kennst dich halt noch net recht aus auf der sündhaften Welt. Hast kein Weibets noch niemals net g'sehn, oh du mein lieber Erzvater Adam. Was meinst denn, wie daß dieselbigen aussehn??

Fffft! sagt der Erzvater Adam. Weiter nix als: ffft!

Vielleicht willst überhaupt gar kein Weibets ham, vielleicht willst – –

Nix will ich. Ein Weibets will ich ham.

Du Malefizerzvater, du eigensinniger! schimpft der liebe Gottvater und kann sich net mehr halten und net mehr derhebn und langt aus und haut hin und patschen tut's schon auch.

Und den Adam legt's hin nach der Läng'.

Schlaft ein und schlaft tief.

Wie er wieder aufwacht, is sie da.

Everl! schreit er.

Adamerl! sagt sie. G'fall ich dir?

Fffft! sagt der Adam.

Kreuzmillion! schimpft der liebe Gottvater hinterm Zaun, ich werd' halt doch noch einen richtigen Watschenbaum erfinden und erschaffen müssen.

So wie der Adam, so is noch keiner bevor hereing'falln.

Die ganze Welt weiß's, und is noch nie keinem Mensch net eing'fallen, eine Bedauernis auszusprechen und ein Beileid.

Und die G'schicht is bös nausgangen, das weiß auch ein jeder, und dem Adam und seiner Eva is die Loschih aufg'sagt worden und muß ausziehn auf Michaeli aus dem himmlischen Paradeis.

Er mit dem Rucksack, sie mit dem Kuchlg'schirr und dem Kinderwagl.

Ganz wie die armen Leut', die Scherenschleifer, die Haferlflicker, die Besenbinder und die Korbmacher.

Am Paradeiszaun steht der heilige Erzengel Sankt Michael mit einem brenneten Sabel wie ein Grenzschandarm. Auweh, denkt er, ihr seid's abg'haust. Bettlleut und Abbrandler auf einmal.

Also b'hüt dich Gott, heiliger Sankt Michael! sagt der Erzvater Adam.

Adjes, sagt der heilige Erzengel ganz kurz.

Die Eva is gleich beleidigt (wie halt die Weibeten immer sind) und fahrt mit ihrem Wagerl weiter.

Ich komm gleich nach! schreit der Erzvater Adam.

Du, wispert er dann dem heiligen Sankt Michael zu, sag nix – ich weiß schon, ich bin der Dümmere g'wesen.

Siehst es ein? hohnakelt der heilige Erzengel.

Ich bin ein g'schlagener Mann. Ich hätt' ein Brasiltabak ham können und alles, was das Herz begehrt. Ich bin der Dümmere g'wesen, weitaus der Dümmere.

Da tut er dem heiligen Erzengel auch leid. Gel, die Weibeten halt!? sagt er vorsichtig und guckt sich nach allen Seiten um, han, die ham Haar' auf die Zähn'!

Ein g'schlagener Mann bin ich halt. Und gar net mehr geacht' und g'schätzt. Der liebe Gottvater hat mir net amal adjes g'sagt.

Da hinten steht er, meint der heilige Sankt Michael, im Obstgärtl tut er arbeiten.

O mein Zwetschgenbaum, mein Kranawitter, mein Birnbaum!

Ein neues Bäum'l hat er erfunden und erschaffen.

Einen – –?

Einen Watschenbaum.«

»Wie is die G'schicht nausgangen? Der liebe Gott hat sich derbitten und derbetteln lassen.

Der heilige Sankt Michael hat seine Fürsprach' eingelegt, und der Erzvater Adam hat ein Zweigl von demselbigen Baum bekommen.

Ein schönes kleines Zweigl.

Bis er's zum Paradeiszaun gebracht hat, is es groß und fest gewachsen gewesen.

Wie er der Eva nachgelaufen is, is es immer noch weiter gewachsen.

Und wie er die Eva erwischt hat, is es ein schöner Baum gewesen.

Und is umgefallen, der Watschenbaum.

Hihihihi! sagt der heilige Erzengel.

Hahaha! sagt der liebe Gottvater.«

Wenn's aber nicht wahr ist, dann hat mich der Pfanzelter Gidi wieder einmal bös angelogen.

Kann man nix dagegen machen.

Der Zunterer schreibt heim

Ich kenne das kleine Anwesen vom Zunterer gut: es nährt drei Küh', und die Zunterin hat noch ihre Geißen und Hennen. Der Zunterer aber ist lang, himmellang, und stark wie ein Roß, und die paar Tagwerk Wiesen und das bissel Ackerland brauchen ihn in der Arbeit nicht auf. So ist er nebenher Holzknecht geblieben und treibt's nach der Eh' so weiter, wie er's vor der Eh' getrieben hat: er geht am Montag in den Holzschlag, und am Samstag muß ihm der Förster das Geld hinlegen, und der Zunterer steigt vom Berg zu Tal zu seiner Zunterin.

Leutl, es ist kein leichtes, geschlagene sechs Tag' im Holz draußen bei den Füchsen zu hausen, zu essen, was Holzknechte gekocht haben, und nach Feierabend in einer stinkigen Holzerhütten ein braver, zufriedener Zunterer zu sein, von Zwangs wegen.

Und drum sind die Samstage zu loben, hoch zu loben.

Und der Schimmelwirt, bei dem die Holzknechte einkehren.

Das ist ein dicker und lieber Mensch und hat die Holzknechte gern. Ihnen zulieb bindet er am Samstag schon um Fünfe einen frischen Schurz vor seinen Bauch und steht bis Sechse an der Tür, um ja seine Holzknechte nicht zu verpassen.

»Jeh, der Zunterer!« (dem Schimmelwirt schwimmt das Gesicht vor lauter Freud' auseinander). »Ja, weil du nur g'rad g'sund wieder vom Berg kommst. Lang ham wir uns net mehr g'sehn, gel, Zunterer!«

Was will der lange Zunterer machen, wenn ihm der Wirt so einen schönen Gruß bringt und so eine Ehr' antut – er sagt sich halt: Meine Zunterin seh ich bei der Nacht auch noch, und eine Maß könnt net schaden.

Und die Händ' hat er in der Taschen, und das Geld brennt ihm in den Fingern und die Markstückl schreien: Laß uns aus, Herr Zunterer, der Wirt muß auch leben!

Da bückt sich der lange Zunterer und geht durchs Tor vom Schimmelwirt in die irdischen Freuden ein.

»Jeh, der Zunterer!« schreit die dicke Resl und watschelt an ihren Banzen. »Grad hab' ich frisch anzapft.« (Du verlogene Resl, du: vor zwei Stund' hat der alte Vierhäuslschneider den gleichen Schwindel schlucken müssen!)

Und da setzt sich der Zunterer an die Bank im Herrgottswinkel, wo die Holzknecht immer sitzen, und die der Bierteufel mit Pech angeschmiert hat, daß sie schön pappen bleiben.

Ein gutes Bier'l, ein feines Bier'l. Duck dich, Seel', es kommt ein Platzregen. Und die Seel' duckt sich, und der Zunterer läßt die Gurgel arbeiten.

Das ist fein, wann einen kein Förster wegpfeifen kann. »Zunterer, tu' aufklaftern, Zunterer, nimm den Schlag auf der Leiten, Zunterer, hilf beim Bäumaufladen« – Zunterer hin, Zunterer her, und nichts wie arbeiten.

Haha, die beiden Ellenbogen brettlbreit auf den Tisch legen, den Kopf stützen, daß er nicht in den Keller fallt, und die Zähn' beieinander lassen, daß die Pfeif' ihren Halt hat.

Reden nix.

Ein bissel hinhören, ein bissel herhören, aber reden nix. Was soll ein Holzknecht reden!

Hin und wieder freilich: »Resl, a Maß!«

Und die Resl schiebt auf und schiebt ab, tut viel in den Krug, tut wenig in den Krug, und der Teufel tut den Rausch dazu hinein. Was helfen die frommen Sprüch' alle, mit denen die Resl die Krüg' hinstellt: »G'segn's Gott!« oder »Gesundheit« oder »Wohl bekomm's« – wenn eine wie die Resl siebzehn Jahr' beim Schimmelwirt dient und noch an diese Wörtl glaubt, dann ist Chrysam und Tauf' verloren an ihr. Tausend Räusch' hat sie gesehn, zum Aussuchen schön, aber sie bleibt bei den Sprücheln vom lieben Gott und von der Gesundheit.

O du liebe Resl! Lange Haar' und kurzer Verstand. Viel Bauch und Schmer und dazu ein Grillenhirn. Der Bierteufel unter der Holzknechtbank muß sich krumm und bucklig lachen.

Der Durst, den der Zunterer vom Holzschlag mitbringt, um den könnt ihm ein Herr Baron neidig sein. Und überhaupt, wie der ganze lange Holzknecht Jakob Zunterer dasitzt in barer Zufriedenheit, von der Maß gelabt und von der Pfeif' beräuchert, gut, wunderfein unterhalten von allem, was die andern für ihn reden müssen, wie er ohne Ausnahm' zu allem nickt, wie er lachen kann, ohne die Pfeif' aus den Zähnen zu verlieren, und wie ihn das ganze Leben rund-rund freut – das ist schon was. Es könnt ihm ein jeder Herr Baron gelbneidig darum werden.

Und wie ihm der schöne Durst treu bleibt mitsamt der Gurgl, und wie sie alle beide nie aufbegehren: »Hör' auf, Herr Zunterer, wir mögen nicht mehr, du darfst uns net so strapazieren, Herr Zunterer, und jetzt gehn wir heim, Herr Zunterer« – nein, nein, da schnaufen Durst und Gurgl kein Wörtl und lassen dem Zunterer seine Freud'.

Nur die Resl wird müd, die alte Resl, die die vielen schönen Räusch' gesehn hat in ihrem Leben.

»Gehst heut gar net heim, Zunterer!?«

Und da spinnt der Schimmelwirt mit seiner Resl zusammen und meint: »Wenn ich nur den verflixten Rheumateis net hätt', dann tät ich ja nix sagen – aber mein warmes Bett tät mir halt recht gut, Zunterer!«

Der Zunterer schaut sich um: auweh, schon wieder der letzte. Einer muß halt der letzte sein. Einer muß der Zunterer sein.

Die Resl rechnet, der Wirt rechnet, die Resl zeigt ihre Kreidenstrichel, und der Wirt hat Strichl vom letzten Samstag her noch, die Resl auch, die Resl auch!

Der Zunterer brummelt was vom »scharfen Zusammendividieren«, und daß sie ihm »eine ganze Hypothek wegreißen« wollen.

Der Wirt tut beleidigt.

Die Resl tut beleidigt und hochgeschwollen.

Und der Zunterer zahlt.

Kann man halt nix machen.

Nachschrift: Wenn man bezahlt hat und geht, dann sind die Wirt' nicht mehr so freundlich wie beim Einkehren.

Der Zunterer ist von dem Gulden auf den Kreuzer gekommen. Was hat er dafür: den Schnackler im Knie und den Schluckser in der Gurgl, daß die Leut' in ihren Kammern aufwachen, und daß sie alle sagen: Das hat was zu bedeuten, daß der Kuckuck schreit mitten in der Nacht.

Wupperupp.

Das ist nicht schön, wie der Zunterer heimgeht in der Nacht: links hinüber, rechts herüber, zicklzackl, wacklwackl. Er muß die ganze Straßen abmessen, von herenten nach drenten und von drenten nach herenten.

Niemand hat ihm die Arbeit geschafft, und es hilft ihm kein fluchen und Sakramentieren dagegen.

Zicklzackl, wacklwackl. Von drenten nach herenten.

Jetzt ist die Straß' nicht breit genug, und der Mesmer hat seinen Zaun zu weit vorgebaut. Darf das sein? Nein, das darf nicht sein. Der Zunterer kommt mit seinem groben Körper und straft das Unrecht. Der Zaun ächzt und lamentiert, aber das hilft ihm nichts.

Er muß nachgeben und sich eindrücken lassen.

Und dann bringt sich der Zunterer wieder in Schwung – zicklzackl – und kommt wieder auf die andere Seite. Manchmal pfeilgeschwind, manchmal ein bissel stolperig.

Aber nach der andern Seite kommt er.

Dann wieder nach der einen.

Wacklwackl, zicklzackl.

Gel, Zunterer, das ist ein schweres Arbeiten in der Nacht?

Hupp! klagt der Schluckser.

Wenn sie endlich ganz abgemessen ist, die Straß', dann sieht der Zunterer was Weißes und ein Dach darüber – aha, aha, was Weißes und ein Dach darüber – und wenn es nicht Zwölf schlagen tät in der Nacht, sondern am Tag, dann ließ sich die Sach' genauer betrachten und wär' ein Haus und tät nicht so zittern und wackeln, sondern ehrlich und aufrecht dastehn und sich auftun und sagen: Grüß Gott,

Herr Zunterer, und geh nur herein und leg dich in dein Bett, Herr Zunterer!

Der Zunterer tät jetzt für sein Leben gern zu schlucksen aufhören (weil die Zunterin so nah ist), aber der Schluckser ist ihm vom Bierteufel fest angehext und guckezert aus ihm doppelt so lustig heraus. weil er weiß: Jetzt sind wir alle zwei da, ich und mein Zunterer, und ich darf mit meinem Zunterer ins Bett.

Haha, du angehexter Schluckser du, warten heißt's, warten.

Du hast mit deinem Getu und Gelärm den Herrn Zunterer verraten auf weithin, und die Zunterin ist aus ihrem Bett gestiegen und hat sich an die Haustür hingestellt.

Paß nur auf, du angehexter Schluckser, was die Zunterin sagt, wenn du ihr den Zunterer bringst!

Du kommst ihn nicht aus, hahaha, weil du angehext bist. Du bist ja der Dümmere, du Schluckser!

Und die Zunterin steht vor der Tür, und die Tür ist zugemacht, und niemand kann heimlich hineinschlüpfen. Der Zunterer will's auch nicht, und wenn es so aussieht, als ob er an der Zunterin vorbei wie ein Pfeil sausen möcht, so ist das ganz unabsichtlich und geschieht, weil der Zunterer an dem Zaun vom Mesmer sein Gleichgewicht verloren und nicht wieder aufgehoben hat.

(Der Schluckser ist ganz erschrocken, wie er sich so fortgerissen fühlt, und wie er die Zunterin sieht und die eichene Haustür. Er guckezert so laut auf, daß es dem Zunterer einen Riß gibt und ihn zwei Zimmermannsfüß' vor der Gefahr aufhält und festbannt.)

»Bist da?!« höhnt die Zunterin.

Der Schluckser sagt ja, der vorlaute Schluckser. Aber der Zunterer sieht ein, daß das für den Augenblick viel zu wenig ist, und versucht seine Stimme freundlich und schmalzig zu machen: »Weibele, mei Täubele!«

Es scheint, daß ihn die Zunterin nicht verstanden hat. »Hast wieder warten müssen, bis der Vorletzte sein' Hut heimtragen hat?!«

Der Schluckser will widersprechen.

Aber die Zunterin mit hoher Stimme: »Meinst alleweil, wann du net zuguterletzt die Tür zumachst beim Wirt, dann bleibt sie offen?!«

»Weibele, mei Täu – –« (Aber diesmal hat der Zunterer versucht, mit seinem Schluckser zugleich zu sprechen, und das kann natürlich kein Mensch verstehen.)

»Hast was g'sagt!?«

»Weibele – –«

So müd' ist der Zunterer, daß er sein Sprüchlein nicht zu End' bringen kann. Er ist viel schwächer als im Wald beim Holzen und möcht ins Häusl hinein und in die Kammer und schlafen und nichts als schlafen. Wenn nur die Zunterin ein Hirn hätt' und einen Verstand und nicht verlangen tät, daß man ihr in der nachtschlafenden Zeit die schwersten Fragen richtig auslegen soll.

Auch der Schluckser gibt ihm recht. Hupp, wupp, huwupp. Wupp. Hupp, ihm recht. Huwupp.

Ans Haustor, denkt sich der Zunterer, an das tät ich mich gern anlehnen! Wann sie nur grad' Platz machen tät, die Alt', und tät mich am Haustor anlehnen lassen!

Hupp! sagt der Schluckser und gibt seinem Zunterer recht.

Aber die Zunterin bleibt hart. »Muß ich dir halt morgen wieder das Pech von deinem Sitzleder kratzen, das wo dich alleweil so auf die Bank beim Wirt hinpappt. Wann ich nicht so ein gutes Weib wär', müßt ich jetzt gleich anfangen und das Pech hinten wegklopfen, daß du meinst, die Engerl im Himmel singen dir was vor. Hat dir der Wirt wieder seinen schwersten Rausch in den Maßkrug hineingetan?! Deiner Nasen is halt net wohl, wann sie net ins Nasse schaugen darf. Du Malefiz, du!«

»Weibele –,« sagt der Zunterer in einem Ton, als wann er um Hilf' bitten tät. Er steht auf der breiten Straß', aber es geht ihm nicht anders als dem Seiltänzer auf dem schmalen Seil. Es reißt ihn nach rechts und nach links, und die Arm wirft er wild in die Höh' um das Gleichgewicht zu suchen.

Such's! schreit der Schluckser, dem himmelangst dabei wird. Such's!

Und was is dem Zunterer heiß unterm Hut. Aus der letzten Maß Bier sind lauter Schweißtropfen geworden, die über die Wangen rollen. »Schaug', Weibele . . .«

»Ich will net schaugen! Und wann ich schaugen möcht' und die Nacht wär' net so viel finster, dann tät ich einen Rausch sehgen, der für das ganze Dorf g'langt. Was hat er denn kost', der Saurausch?!«

»Wer hat an Rausch?« murmelt der Zunterer.

Schluck. Wupp. Du! sagt der Schluckser.

Der Zunterer greift wieder schwer in die Luft, als wenn er sich am Mondschein festhalten möcht.

»Weibele, was sagst da! Hab' ich einen Rausch??«

Und der Schluckser: Gluckgluck. Hupp.

»Wann ich dich anschau, du wüstes Mannsbild, wie's dich hin und her treibt wie ein Windfahndel, dann weiß ich, wie viel's geschlagen hat. Lump!!«

Der Schluckser gibt seinen Reim dazu: Wumpp. Wumpp.

»Die b'suffnen Leutl sind dem Wirt sein Beutl. Is dir dein Geldl wieder im Hosensack zu schwer worden!? Hast es net mehr heimtragen können, und hast net damit beim Schimmelwirt vorübergfunden!? Jaja, das is ein schweres Laufen, gel, und da muß man langsam gehn wie beim Wallfahrten, und beten muß man: Hilf, heiliger Herr Wirt, hilf mir von meinem Geldl! Und da muß man aufpassen auf der Straßen, ob nicht wo unser Herrgott einen Arm herausstreckt und einen Maßkrug, und dann muß man hineintorkeln und sich fest am Krug einheben, daß man net fallt. O, du ganz Miserabliger!«

Lump! sagt der Schluckser kreuzfidel.

»Weibele . . .,« fängt der Zunterer wieder bekümmert an – aber es gelingt ihm nicht, zum schönen End' zu kommen.

»Nix Weibele! Dem Teufel seine Großmutter is dein Weibele! Die hat dir die Leber auf die Sonnenseiten geschoben, daß sie allweil ihren schönen Durst hat, und daß der Herr Zunterer weiß, was er mit seinen Markstückeln anfangen muß. Wo hast denn deine Markstückl, Herr Zunterer, du gottsmiserabliger Lump, du verdächtiger!?«

»Markstückl??« sagt der Zunterer und will mit beiden Händen in die Hosentaschen fahren. Aber das geht nicht an, weil das Gleichgewicht am Mesmerzaun liegt, und wenn er's auch könnt: viel Spektakl tät das Geld in seinen Taschen nicht mehr machen, dafür hat der Wirt gesorgt mit seiner Resl.

Hupp! lacht der Schluckser, der angehexte.

Er rüttelt die Zuntnerin auf bis zur Boshaftigkeit. »Wo hast sie denn, deine Markstückl!?«

Da ist es die Angst, die den Zunterer stark macht. Er pflanzt die Füße in den Boden ein, bis sie ihren Halt gefunden haben, und dann senkt er beide Hände bis ellenbogenauf in die zwei ledernen Schatzkammern.

Die Zunterin blinzelt ihn an und jedes Blinzeln geht in seine Fäuste hinein und schüttelt sie. Es klirrt ein bissel, und der Zunterer verliert seine Beklemmungen und stottert selig: »Weibele – einer – einer allein – einer allein singt net. Es müssen – es müssen – es müssen alleweil zwei sein.«

Der Schluckser setzt ein Lachen drauf.

Er tritt breit und unverschämt auf. Es kommt ihm so vor, als ob er jetzt mit seinem Zunterer ins Bett gehen dürft'. Drum will er vorher noch seine Freud' mit dem Mannsbild haben, regieren und blamieren, wie es der Bierteufel unter der Holzknechtbank am liebsten hat.

Tu' dich in der Zunterin nicht täuschen, mein lieber Schluckser! Die Zunterin ist zäh und grausam und meint daneben, eine richtige Kur tät dem Ihrigen gut. »Tu' dein Geld! noch einmal schütteln!« schimpft sie. »Tu's nur recht rebellen lassen, Herr Zunterer, dein vieles Gerstl!«

Da läßt er's halt noch einmal rebellen, in Gotteswillen.

Es geht ihm wüst durch den Sinn, daß das wenig Markstückeln sind, was so singt – der Schimmelwirt ist ein Lump.

Lump! bestätigt der Schluckser.

»Lump!« schreit die Zunterin und kreischt wütig hinterdrein. Jetzt ist ihr die Sach' zu dumm – jetzt will sie – ja, was will sie eigentlich? Sie will sich beherrschen, sie will sich nicht beherrschen – sie will sich an der Tür einhalten – aber sie geht zwei Schritte vorwärts – und dann patscht es – einmal, zweimal.

Der Watschenbaum ist umgefallen.

O weh, o weh, Zunterin!

Der Zunterer will beide Händ' zur Wehr erheben, aber da haben wir wieder die alte Geschicht' vom Mesmerzaun und vom Gleichgewicht, und der ganze lange Holzknecht Jakob Zunterer strauchelt, fällt schwer hin wie einer seiner langen Bäum' und sperrt die schmale Straße, die von Oberzeismaring nach Machtlfing führt.

O weh, o weh, Zunterin.

Und wenn auch die Reu schnellere Füß' hat wie der Blitz – der Zunterer liegt halt schon. Er wälzt sich, aber nur ein ganz klein bissel, und das sieht sich schrecklich an. Aber er will sich das Lager nur ein bissel bequemer machen und in seinen nebeligen Gedanken das Bett richtig walzen. Sein Schluckser spricht noch ein Wörtl, und dann schlafen sie alle beide ein.

O du tiefer, fester Holzknechtschlaf ohne Einleitung und ohne Getu!

Und kein Holzknecht schläft ohne seine lange Säge, und keiner kann die Nacht verbringen ohne das Geräusch der Tagarbeit.

Hch. Rch. Rchch. Hch. Rchchchch.

Du brauchst nicht zu erschrecken, Zunterin. Wenn die Leut' sterben, tun sie anders.

Der Mond geht hinter die Wolken, damit ihn niemand lachen und prusten sieht.

Und die Zunterin steht, elend, voll Jammer, und angeklagt. Ist der Wirt ein schlechter Kerl, und ist der Zunterer ein schlechter Kerl – so ist die Zunterin viel schlechter, weil sie den Ihrigen schlägt.

»Jaggl, Jaggl!«

Da tät' ein krankes Kind zu weinen aufhören, so mild ist die Zunterin im Ton.

»Jaggl, steh halt auf, Jaggl!«

Aber mit Reu' und Leid läßt sich der Zunterer noch lang nicht aufwecken. Da müßt' man mit Kochlöffeln auf blecherne Häfen haun, das wär' richtiger wie Reu' und Leid. Nur sein Schluckser sagt noch was Brummeliges, aber auch schon ganz verschlafen.

»Jaggl, steh halt auf!«

Sie weint und er schnarcht, und der Mond geht wieder vor, hört sich die Geschicht' an und verzieht sich wieder, weil sie ihm nicht neu vorkommt.

Und jetzt macht sich die Zunterin mit zwei Seufzern frei vom Elend und greift mit ihren festen Armen zu.

Kopf und Brust und Schluckser kann sie tragen, aber das lange Zunterergehax, das ist zu viel. Es schleift hintennach. Dem Zunterer ist es ja Wurscht, was mit ihm geschieht. Er schläft weiter und sägt weiter.

Er ist wie einer seiner groben Holzklötz' und es geht ihm also auch nicht anders: er wird angerempelt und rempelt an, und das hohle Klopfen am Haustor, das stammt von seinem festen Schädel.

Der Schluckser erschrickt und brummt so was wie: Humm! dumm! – und da ist der Zauber und die ganze Hexerei von ihm genommen. Auf dem Haustor liest du die frommen Zeichen 1 C 9 M 1 B 4 (die heiligen drei Könige haben sich da hingeschrieben), und da muß die Macht des Bierteufels aufhören. Er ist frei und muß den Zunterer verlassen, zehn Schritt vor dem warmen Bett. Er fährt mit einem Fluch – hupp! – ins Schluckserreich.

Der Zunterer aber kommt dem Bett immer näher. Nur einmal legt er die lange Holzknechtsäg' weg und sagt: »Weibele!« Aber dann nimmt er lieber wieder die Säg' und schnarcht weiter, als ob ihn die Sach' nichts anging. Die Zunterin achezt und schnauft, wie sie ihm die Joppen abzieht. Es sieht aus, als ob sie einem Bären das Fell abstreift, und es ist nicht viel leichter. Dann ist sie endlich so weit und hat den Zunterer bis zu den Hüften auf dem Bett. Aber wie sie ihm die Stiefel herunterzieht, rutscht das große Ganze mit, und der Zunterer lallt am Boden: »Weibele«.

Fängt halt die Zunterin noch einmal an und zieht den Mann am Boden aus, die Stiefel, die Lederhose. Dann bringt sie ihn in zwei Teilen zu Bett, den Körper und das lange Gehax.

Und wie er endlich drin liegt, da meinst du die Unschuld selbst zu sehen. Der Rausch liegt wie ein tiefer Frieden auf dem Gesicht. Der Mond schickt einen langen Strahl und läßt ihn vom Zunterer beschnarchen und beblasen.

Die Zunterin steigt auch ins Bett. »Du wüster Lump!« sagt sie traurig und spitzt die Ohren, weil er auch was sagt. Aber er sagt nur: »Resl, noch a Maß!« und die Zunterin weint auf, daß der Mond seinen Strahl erschrocken wieder zurückzieht.

Und dann schläft die Zunterin auch ein, träumt einen schweren Traum, verhaut den Zunterer, küßt ihn und verhaut ihn wieder.

Und in der Früh sagt sie zu ihm (scheinheiligerweis'). »Hast recht hart arbeiten müssen die Woch', Jaggl?«

Der Zunterer (er streckt sich im Bett, daß seine vielen langen Knochen krachen): »Ein schweres Arbeiten ist's gewest. Und alleweil in der Hitz'. Gestern hab' ich wohl leicht ein kleines Räuscherl gehabt von der großen Hitz'??«

»Ein ganz ein kleines,« sagt die Zunterin ganz stad.

Sie ist so froh, daß aus seinem Kopf alles weggeblasen ist, was zwischen dem Schimmelwirt und dem Morgen liegt, und gibt ihm ein Bussl.

»Weibele, mei Täubele!« sagt der lange Holzknecht gerührt.

Das ist immer so am Sonntag in der Früh': da is der Zunterer ganz reumütig und die Zunterin voller Gütlichkeit. Sie schluckt alles hinunter, was von der gestrigen Gall' noch aufsteigen will, und halst den armen langen Holzknecht genau so fest: ob jetzt die Markstückl in den Taschen klingen oder ob nur die Kreuzerl scheppern.

Und er sagt: »Weibele, mei Täubele –«. und sie busselt ihn so oft ab, als er mit der Sprach' und Anklag' heraus und sich ein schlechtes Luder, ein versuffenes, heißen will.

Nix weiß sie mehr von der gestrigen Nacht. Sie ist nicht an der Tür gestanden und hat dem Zunterer und seinem Schluckser nicht den Weg versperrt. Sie hat durchaus die Hand nicht aufgehoben gegen ihren Jaggl und weiß überhaupt nicht, wann er heimgekommen ist. So fest hat sie geschlafen, die Zunterin.

»Weibele,« sagt der Zunterer gerührt.

Und sie: »Bist halt mein Jaggl. Wie ich dich g'heirat' hab', muß ich dich haben. Und ich mag dich, wie du bist. Kannst net einmal beim Schimmelwirt vorbeifinden? Wo die Roß von die Bräuknecht von selbst stehn bleiben, da mußt es nicht auch tun, Jaggl.«

»Hast recht, Alte,« sagt der Jaggl mit Reu' und Leid. »und am Samstag über die Wochen . . .«

Aber am Samstag über die Wochen ist's halt die gleiche G'schicht'. Nur der Mesmerzaun kommt nicht so schlecht weg wie's letztemal, und das Gartentor beim Fuierlesmann kriegt einen Knack, so breit als der Zunterer ist.

Und es wär' wieder die Rede von was Weißem und einem Dach drauf – Schwamm drüber. Der Mond scheint nicht, und man sieht nichts von den Dingen am Haustor, und der Wind brummt föhnig daher, und man hört nichts von der Zwiesprach' am Tor.

Nur ein, zwei, dreimal den Schluckser, den angehexten.

Und es wird wieder Sonntagfrüh' in der Zunterischen Kammer.

Der Zunterer steckt den Kopf aus der Bettdeck' und schaut ängstlich nach der Seinigen hinüber. Schlaft sie oder tut sie nur so?

Erst als er glaubt, daß sie wirklich schlaft, tut er, was er im Traum schon immer hat tun wollen: er betupft seine Nasen. Betupft sie wieder, reißt die Augen weit auf und schaut in der Kammer umeinand. Gottlob, daß sie schlaft, die Alte. Gottlob.

Und er betupft die Nasen wieder und sagt sich: Nasen, Nasen, du gefallst mir net!

Wenn er jetzt die Augen richtig offen hätt', tät er sehen, daß die Finger seiner Alten sich in die Bettdecke krallen und ein bissel zittern dabei.

Und wenn er der Zunterin im Gehirnkastl umblättern könnt', die Seiten von gestern nacht (fünfe, sechse, sieben Seiten!), dann tät er halt auch wissen, wieso und warum und z'wegen was ihm die Nasen net gefallen kann

Die Zunterin zittert jetzt am ganzen Leib, so sehr sie sich auch zusammennehmen will.

Der Zunterer erschrickt: jetzt hat sie einen schweren Traum, und die Trud sitzt auf ihr. Man müßt' sie aufwecken, daß ihr leichter wird.

Man müßt' – nein, noch net. Er muß sich erst ins reine kommen mit dem gestrigen Tag und mit der gestrigen Nacht und mit der Nasen. Aber der Weg führt nur bis zum Schimmelwirt und bis zum Zahlen, dann noch ein bissel an ein Gartentor – und dann ist alles Nebel und verschwommenes Zeugs bis zu dem Augenblick, da er sich die Nasen betupfen muß, die ihm nicht g'fallt.

Er schleicht sich aus dem Bett wie der Fuchs aus dem Bau und geht an den kleinen Wandspiegel hin: o du grundschlechte Nasen, wie schaust denn aus!? Es is eine Schand', mit deiner herumzulaufen, du blutrünstige Nasen, du grausame. Du dummer Teufelsriecher, du hast grauft! Du Schmecker, du wüster, hast du die Hauswänd' geschliffen?

Die Zunterin hat ein halbets Aug' aus der Bettdeck' hervorgebracht und schaut sich ihren Zunterer an. Aber sie schließt auch dieses halbete Aug' wieder, wie der Zunterer in seiner Angst sich dem Bett zudreht und immer noch die Lug' nicht weiß, die er für die nächste Viertelstund' und für die Sonntagmorgenbeicht' in der Kammer braucht.

Was soll ich ihr denn sagen, der Alten?! Wann ich wissen tät (er steckt den Kopf zwischen beide Hände und zermartet sein Gehirn), wann ich wissen tät, ob der Mesmerzaun noch steht oder der Gattern beim Fuierlesmann?! Wann man halt net weiß, woaus die Füß' marschiert sind!

Er achzet wehleidig und laut, wie halt die Holzknechtseufzer so tun.

Vom Bett her achzet's auch.

Verschreckt fährt er um.

»Weibele, hast was g'sagt?«

Die Zunterin tut ganz traumdappig. »Ich, Jaggl, hab' ich was g'sagt!?«

»Ich mein', ich hab' ein bissel achezen g'hört.«

»Ich? Warum sollt ich denn achezen, Jaggl?«

»Freilich. Warum sollst du achezen?« Und jetzt achezt er wieder, weil er die Lug' und die Beicht' noch nicht fertig hat.

»Jaggl! Wie schaugst denn aus!?«

Er dreht sich voller Angst ab. Eine Lug', eine Lug'! Ein schöner Schwindel muß her!

»Wie ich ausschaug'?« Aber er dreht ihr das Gesicht immer noch nicht zu. Wann er nur die Lug' fertigbringen tät!

Die Zunterin (mit der zittrigsten Stimme, die aus einem ganz schlechten Gewissen herauskriecht): »Wird dir wohl nix passiert sein im Holz draußen!?«

O du grundverlogene Zunterin! Wo dem Zunterer sein rauschiges Hirn aufhört zu denken, da fangt das deine an: An der Haustür, an der Haustür! Kein Mondlicht bei der Nacht, sonst hätt' das Holzscheitl in deiner Hand aufgeblitzt, ganz weiß. O du grundverlogene Zunterin, wie is die Geschicht mit der Nasen??

Aber der arme Zunterer: »Im Holz draußen? Nix passiert im Holz draußen? O Weibele,« schreit er ganz glücklich, »du meinst, daß mir dasselbige mit der Nasen im Holz draußen passiert is? Freilich, Weibele, freilich!« Und da patscht er sich auf die Knie und sagt noch einmal: »Freilich, freilich.«

Muß man da nicht die ganze Höll' lachen hören, wann die Menschen eine solche Freud' zum Lügen haben? Du bist schon aufgeschrieben, du langer Holzknecht Jakob Zunterer, in dem heiligen

Sankt Peterl seinem himmlischen Büchl, mit einer Lug', faustdick und hundskalt. Das wird einmal was haben!

Und du, Barbara Zunterin, du stehst eine Zeil höher und mit drei Kreuzl hinter dem Namen, weil du mit der Lug' angefangen hast, und weil du in der Sünd' voraus bist und in der Verführung wie die Eva selig. Barbara Zunterer, mach dich gefaßt auf die Himmelfahrt – die wird schief gehn!

»Im Holz draußen,« sagt der Zunterer tapfer und glücklich, »weißt, Weibele, da sein die hochen Bäum', die sein so viel hoch« (er hebt den langen Arm und will mit dem Zeigefinger schier ein Loch in die Stubendecken bohren), »die sein oft so arg hoch, daß es ein Graus is. Wann wir sie angeschnitten haben, dann fallen sie um.« (Der Arm sinkt heftig herab, und der Zunterer macht einen Sprung auf die Seite, daß ihn der Arm, der Baum quasi, nicht trifft.) »Und da wann einer nicht schnell genug auf die Seiten hupft, dann derwischt's ihn und haut ihm den Riecher halbert ab – als wie mir.«

So, jetzt wär' die ganze lange Lug' heraus. Der Zunterer stellt sich erleichtert vor den Spiegel und beschaut sich seine Nase fast fröhlich. Sie ist so dick wie eine drittelte Holzknechtfaust, blau-schwarz-rot, zerschunden und durchaus nichts Schönes für einen Sonntag.

Die Zunterin tät sich die Nasen gern ganz genau anschauen, aber sie traut sich nicht. Sie hat immer nur einen ganz schnellen Blick, aber ein paar Dutzend solche Blick' tun auch einen ganzen, und am End ist ihr wüst ums Herz, und sie macht sich harte Vorwürf' wegen der Nasen.

»Schau' sie dir nur richtig an!« schreit der Zunterer voller Freud' über die schöne Lug'. »schau sie dir nur an, wie sie die Farben spielt, Herz und Grasen und Schell und Eichel. Mit der kann man tarocken und in alle Farben stechen, so viel hat sie. Wann mir der Baum – –«

»Zunterer!« schreit die Zunterin, »hör' auf, ich kann die gruseligen Sachen gar net hören. Wann ich denk' –«

»Wann mir der Baum«, fährt der Zunterer fröhlich fort, »das Köpfl ein bissel mehr nach dem Hirn zu derwischt hätt' – – – was hast denn, Weibele!?«

Sie ist ganz wachsern geworden im Gesicht vor lauten Schreck und denkt an das weiße Holzscheitel und an den Gift und Gall' von gestern nacht, und wann das Holzscheitel woanders hin troffen hätt', ein bissel mehr nach dem Hirn zu – »Jaggl,« schreit sie auf und fallt ihm um den Hals, »Jaggl!«

»Weibele, Weibele!«

Und die Zunterin und der Zunterer: wie sie sich busseln, tut ein jedes Reu' und Leid, die Zunterin wegen dem Holzscheitel und der Lug', der Zunterer wegen dem Schimmelwirt und der Lug'.

Dann schwört ein jedes einen heiligen Eid in sich hinein aufs Anderswerden und die Besserung. Der Zunterer will am Samstag über die Woch' am Schimmelwirt vorbeifinden, ohne einzukehren, die Zunterin will ihren Zunterer nicht mehr an der Haustür abfangen.

Wenn alle geschworenen und festen Eid' auf der ganzem Welt richtig gehalten würden!

Für den Rausch am nächsten Samstag darf man dem Zunterer nicht die ganze Schuld in die Schuh schieben.

Wahr ist: daß der Zunterer am Schimmelwirt nicht vorbeigefunden hat. Er ist mitten auf dem Marsch stehen blieben wie der alte Gaul vom rauschigen Pentenrieder, der seit zwölf Jahren bei jedem Wirtshaus seinen Halt macht.

»Grüaß di Good, Zunterer!« sagt der Schimmelwirt – da soll einer ohne Gruß und Wort weitergeht

»Resl, a Maß,« sagt der Zunterer.

Und raucht sein Pfeiferl, hat den Kopf auf den Händen, die Ellenbogen auf dem Tisch, und ist ihm pudelwohl.

»Was hast denn du für eine Nasen?!« fragt der Kraigadern Wastl in aller Ruh'.

»Was ich für eine Nasen hab'?« gibt der Zunterer zurück.

»Ja, was für eine Nasen?«

»Gefallt sie dir am End net?«

»G'fallt mir schon. Aber warum daß sie so färbig is und so glanzet?«

»Weil's dich nix angeht, is sie so färbig, und weil du mir auf den Buckel hinaufsteigen kannst, drum is sie so glanzet. Und noch ein Wörtl, daß dir die Nasen net g'fallt, und ich schmeiß dich naus.«

Mehr sagt der Zunterer nicht, und der Kraigadern Wastl ist ja auch mit dem bissel schon zufrieden. Er ruckt sein Hütl hin und her, hätt' ein paar Wörtl auf der Zung', spuckt sie aber nicht heraus. Er geht lieber. An der Tür ein bissel brummeln – –

»Bist noch net draußen!?« droht der Zunterer.

Aber der Wastl schiebt ab und schimpft sich lieber auf der Straßen richtig aus. »Der mit seiner Nasen,« droht er und macht eine Faust zu dem kleinen Kramerbübl hin, das ihm in den Weg läuft, »der mit seiner Nasen!!«

Das kleine Kramerbübl lauft heulend zu der Mutter.

Der Zunterer hat die Ellenbogen wieder aufgestützt, aber es ist ihm nicht mehr so bequem wie vorher. Er muß heftig rauchen und schnell trinken, die Wut in Wolken wegblasen, die wie dicke Holzknechtfäust' aussehen und den Zorn hinunterwaschen.

Zum erstenmal hört er die Resl warnen: »Du tust ein bissel schnell, Zunterer!«

»A Maß!« schreit der Zunterer dagegen.

Man kann ihm für diesen Samstagrausch die Schuld nicht ganz in die Schuh schieben: was gehn den Wastl ander Leut' Nasen an?

Was braucht der Wirt vor seiner Tür stehn und die Leut' mit einem »Grüß Gott« einfangen wie mit einer Drahtschling'?

Was braucht der Wastl von einer Nasen reden, die ihm nicht gehört, und die ihn nix angeht?

Schreib' den Rausch gut dreiviertelt dem Wastl aufs Gewissen!

Und schreib' die Markstückl dazu, die er kostet hat.

Und für hernach die eingedrückte Holzleg' vom Kreuzwegschuster. (Wär' sie nicht so miserabel 'baut gewesen, so hätt' sie der Zunterer nicht gleich beim ersten Anstoßen eindrückt.)

Schreib' einen mordsmäßigen Schluckser dazu, der die vier kleinen Kinder der Saamerbäurin aufgeweckt hat mitten in der Nacht! Und daß die Saamerbäurin darum geflucht und sakramentiert hat, das muß auch auf dem Wastl sein Gewissen.

Ditto der Wegweiser am Dürrnhausener Gäßl, der nach Dürrnhausen, Schönberg und Martersleiten zeigt. Er ist alt und schwach gewesen und zermürbt im Holz und hat dem Zunterer nicht widerstehn können.

Schreib' das Apfelbäumerl vor dem Sagschneiderhäusl dazu – das is ganz kaputt.

Und nicht zu vergessen die Torpredigt der Zunterin (eine geschlagene Stund' lang), dann eine ausgerutschte Hand und ein festes Patschen, zwei Püff' noch, eine lange Bierleich' und der Jammer hinterher.

Und hinterher auch der verweinte Schurz der Zuntnerin.

Und das ganze Elend vom Sonntag früh mußt du dem Wastl aufs Gewissen schreiben. Zwei scheue Augen vom Zunterer, zwei reumütige von der Zunterin. Und zwei feste Eid', die nicht gehalten haben und in der Mitt' auseinandergebrochen sind. Und zwei Häuferl Unglück zum Abrunden: den Zunterer und die Seinige.

Wastl, das ist eine scharfe Rechnung.

Jetzt ziehen wir was davon ab, der Zunterer sagt: »Weibele, mei Täubele!«

(Das macht wieder viel gut.)

»Jaggl, Jaggl!«

(Da darf man auch hübsch was abziehen.)

Und dann aber: zwei Bussel kommen noch von der ganzen Schuld weg.

Was übrigbleibt, das muß der Kraigadern Wastl einmal verantworten drüben in der Ewigkeit.

Sollen sie ihn sieden oder braten in der Höll' – hätt' der Lump halt ander Leut' Nasen in Ruh' gelassen!

Die Zunterin schließt den schönsten Frieden von der Welt: »Heut schaugt die Nasen viel schöner her als wie vor acht Täg.«

»Meinst?« sagt der Zunterer, und es ist ihm, als ob man ihn unterm Kinn gekitzelt und seine Wangen getätschelt hätt'.

Er geht an den kleinen Spiegel und beguckt sich richtig – ist schon wahr: die Nasen schaugt viel besser aus. Ein bissel blaugrün, aber bei weitem nicht mehr so zerschunden.

»Es gibt Leut', die wo viel schiechere Nasen ham!« sagt der brave Zunterer. »Und mir g'schieht's überhaupt recht . . .«

»Na!« schreit die Zunterin. Sie will nicht hören, daß er sich anklagt und ihr das schlechte Gewissen wieder aufriegelt. Sie hat ihren schweren Stein immer noch auf dem Herzen (wegen dem Holzscheitel), und gestern ist wieder ein kleiner Samstagnachtstein dazukommen.

Und die ganze Woch' über ist ihr ein Mühlstein über die Leber gegangen: »Du, Jaggl, wann du mir nur net in den Krieg ziehen mußt!«

»Wieso und in welcher Weis'?«

»Weil es einen Krieg gibt.«

»Ich fang' keinen Krieg net an,« lacht der Zunterer.

»Ja, du!«

»Ich hab dem Wastl bloß meine Meinung g'sagt, aber zum Zuhaun bin ich zu gut. Und jetzt g'fallt sie ihm vielleicht, mei Nasen.«

»Wann's aber einen Krieg gibt!« beharrt die Zunterin.

»Was du nur alleweil mit deinem Krieg hast!«

»Wo es doch im Blattl drin steht, daß es einen Krieg geben muß.«

»Ich les' kein Blattl net.«

»Ja, du in deinem Holz draußen!«

»Ah was, ich fang' keinen Krieg net an!«

Und damit hat sich der Zunterer mit den Zeitläuften auseinandergesetzt, und die Zunterin muß sich mit ihrer Angst allein abfinden. Sie trägt sie deutlich im Gesicht, und dem Zunterer ist blümerant zumut; er bezieht alles auf sich und seine Räusch' und läßt auch den Kopf hängen.

»Alte,« sagt er plötzlich und will was gutmachen, »Alte, magst heut mit mir aufs Bräuhaus gehn? Eine Maß zusammen trinken, gel?«

»Ja, ja,« sagt die Zunterin zitterig. So gut is er heut, der Zunterer.

Und im Bräugarten sitzt sie mit ihm in Glanz und Gloria, wenn er auch nicht viel redet und immer bloß raucht und den anderen zuhört, wie er's gewohnt ist.

Vom Krieg reden die anderen. Alles ringsherum macht Krieg, gar alles.

»Hör'n die gar net auf mit dem damischen Krieg!?« ärgert sich der Zunterer.

»Wann er halt alleweil im Blattl drinsteht!« sagt die Zunterin und will sich's nicht anmerken lassen, wie ihr zumut ist.

»Ich will keinen Krieg net.«

»Du net!« nickt die Zunterin. »Ich will auch net, Jaggl.«

»Ander Leut' auch net. Der Herr Lehrer auch net und der Herr Pfarrer. Wer soll dann den Krieg woll'n?«

»Aber der Herr Posthalter –,« beginnt die Zunterin.

»Was!?« schreit der Zunterer und sucht mit seinen geschwinden Augen den Garten ab, ob nicht vielleicht der Posthalter da ist, der den Krieg will. »Kruzinesen nochamal!« Seine Faust haut und der Tisch poltert. Die Zunterin hält den Maßkrug fest.

»Der will – –,« schreit er noch einmal.

»Sei brav,« lispelt die Zunterin, »Jaggl, sei brav. Es is ja net so: der Herr Posthalter hat g'sagt: indem daß dieser« (sie müht sich recht, Wörtl für Wörtl richtig zu wiederholen), »indem daß dieser Krieg unvermeidlich is. Ja, das hat er g'sagt.«

»So?« brummt der Zunterer. »Dann gehn wir halt heim, Alte, daheim is kein Krieg net.«

Recht hat er: daheim is kein Krieg. Daheim heißt's: »Weibele, mei Täubele«.

Aber wenn er sein Sprüchl auch zehnmal herunter sagt, die Barbara Zunterin weint doch!

Hat man so ein Weibets schon g'sehn auf der Welt? Weint, wenn der Mann den schweren Bierschluckser hat, und weint ihm gradso in die nüchternen Augen hinein.

Die Weibeten studiert man nicht aus.

Zwischen zwei Bussln ein Schluchzen, daß dem Zunterer zweierlei wird.

»Weibele, mei Täubele.«

»Wann du aber – wann du aber – Jaggl – wann du aber in den Krieg mußt!?«

Da haut der Zunterer den häuslichen Frieden auf seinem Tisch mit der größten Faust entzwei.

»Der Himmiherrgottsakramentsposthalter,« flucht er.

Und am Montag ist er wieder in seinem Holzschlag und haut auf einen Baum los wie ein Wilder.

»Der Himmiherrgottsakramentposthalter mit seinem Krieg alleweil. Was braucht denn der einen Krieg anfangen!«

Und der Baum kriegt die Axt, als wenn er der Kaiser von Frankreich wär'.

»Willst umfallen, du Luderbaum? Dir komm ich!«

Der Zunterer schimpft und die Axt saust, und der Baum legt sich schließlich der Läng' nach hin, wie's ihm nichts mehr hilft.

»So,« sagt der Zunterer, »so,« und ist zufrieden.

Der Förster kommt und lacht: »Du bist ja ein ganzer Wildling, Zunterer.«

»Die dicken Bäum' brauchen's.«

»Die Franzosen auch, Zunterer!«

Der Zunterer versteht ihn nicht.

»Da hast einen Zettel, Zunterer, den tust lesen, und dann schlupfst gleich in die Joppen und laufst zu deiner Alten heim und sagst ihr adjes.«

»Wieso und warum?« meint der Zunterer.

»Weilst ins Frankreich hinein mußt, zum Franzosenhaun. Krieg is, Zunterer, Krieg!«

Der Zunterer buchstabiert sich seinen Zettel zusammen – »an den Reservisten Jakob Zunterer« – und jetzt weiß er, wieviel daß es g'schlagen hat. »Der Himmiherrgottsakramentsposthalter.« brummt er. »Adjes, Herr Förstner!«

»Adjes, Zunterer. Tu' hübsch Französerl derschießen und komm g'sund heim!«

»Adjes.« Und dann brummt er über den Posthalter weiter und geht zu seiner Zunterin.

Zum Gotterbarmen heult sie.

»Weibele!«

»Jaggl, Jaggl!«

»Adjes, Weibele.«

»Du, Jaggl . . .,« aber da muß sie den Schurz vors Gesicht schlagen und muß sich von ihrem Jammer hin und her schütteln lassen und bringt kein vernünftiges Wort heraus.

Und hätt' so viel zu beichten, so viel zu beichten.

»Sockn mußt mir in den Rucksack tun, Weibele. Ich brauch' sie zum Marschieren.«

Sie weint die Socken naß.

»Und Hemmeder, weißt, zwei Hemmeder auch. Ich brauch's im Feld.«

Auch die Hemden weint sie naß, und das Herzl schlegelt ihr wie wild, weil die Stein' drauf liegen und drücken.

Aber der Zunterer nimmt seinen Rucksack und sagt: »Adjes, Weibele. Ich komm' bald wieder.«

»Jaggl –,« sie weint ihn zur Tür hinaus und weint neben ihm her den langen Weg bis zum Niederzeismaringer Bahnhof und weint am Wagen weiter.

»Weibele, sei g'scheit!« Aber dem Zunterer ist's grad so trüb im Sinn. »Sei g'scheit, Weibele!«

»Du, Jaggl –,« da pfeift der Zugführer ab, weil er kein Herz hat für die armen Leut' –, »du, Jaggl, das muß ich dir noch beichten. ehbevor daß du ins Feld gehst: die Nasen hab' ich dir angetan!«

Die Lokomotiv' schickt drei wütige Schnaufer hinten dem Satz her: hört's. hört's, hört's!

Dann sagt sie: hohohohohohoho (zum Erschrecken wild, wie halt die Lokomotiven tun), und das heißt: Hört's, Leutl, was die Zunterin für eine ist – die hat ihrem Mann das mit der Nasen angetan! Und sie zieht kräftig an, daß der Zunterer fortkommt von seiner Alten, und daß ihm nichts mehr passieren kann. Hohohohohoho!

Die Zunterin geht mit, weil sie noch ihre Beicht' herunterhasten will, mit Weinen und mit Würgen: »Weil du halt wieder so viel besoffen g'wesen bist, Jaggl, und weil ich halt alleweil an die Samstäg so auf dich warten muß, Jaggl, und grad warten, und kommst dann so heim, und da is mir halt der Zorn kommen, verzeih' mir's halt in Gottesnam'!«

Die Lokomotiv' will nichts davon wissen und greift stärker zu, und die Zunterin muß geschwinder gehn und reden: »In Gottesnam' mußt mir verzeihn, Jaggl!«

»Weibele!« sagt der Zunterer ganz wirrig. »Was meinst denn, Weibele?«

Sie muß jetzt neben dem Zug herlaufen und kann's kaum mehr derschnaufen.

»Daß ich dir das mit der Nasen angetan hab', Jaggl. In Gottesnam'!«

Die Lokomotive: hohohohoho!

»Was??« schreit der Zunterer, weil die Zunterin hinten bleibt. »Was für eine Nasen?«

»Die deinige« – jetzt muß die Zunterin auch schreien, daß ihn das Bekenntnis noch erwischt – »mit einem Holzscheitel bin ich an der Tür g'standen. In Gottesnam', Jaggl!«

»Warum?«

»Weil du b'suffen gewesen bist. In Gottesnam', Jaggl.«

»An der Tür?« (Der Zunterer brüllt, damit sie ihn noch verstehen kann.)

Die Zunterin versucht's mit ihrem höchsten Ton, wenn er auch ganz zittrig wird: »Mit einem Holzscheitl. In Gottesnam'!«

Das Holzscheitl erwischt ihn noch, aber es tut ihm nicht so weh als das Gottsnam', das dahergeflogen kommt wie ein Messer so scharf und schneidend.

»Weibele!« Der Wind nimmt ihm das letzte Wörtl weg und trägt's über den Anger hin zu einer Pferdekoppel.

Und der Zug fährt den Zunterer weg nach München und ins Frankreich.

Die Zunterin weint einen Tag und eine Nacht, bis sich die Stein' auf dem Herzen alle in Wasser aufgelöst haben.

Wenn man ins Frankreich fahrt, kann man viele Stunden auf einer Bank sitzen und braucht nichts anderes zu tun als wie seine Pfeif' rauchen.

Unterhalb der Bank sind Räder, die gehen über die Länder hinweg, daß es grad eine Freud' is.

Ein Kamerad sagt zum Zunterer: »Jetzt mußt hinausschauen, jetzt kommen wir ins Württembergische. Da is der Ulmer Dom.«

Und der Zunterer nickt und sagt vor sich hin: »Da is sie also unter der Haustür g'standen bei der Nacht. Unter der Haustür.«

»Und jetzt kommt das Badenserland,« sagt der Kamerad und tupft den Zunterer.

»Und unter der Haustür hat sie g'wart' und g'wart' und alleweil g'wart'. Da is ihr der Zorn kommen.«

»Das Badenserland ist ein feines Landl, Kamerad!«

Der Zunterer nickt. »Und da is ihr der Zorn kommen, und hat sich denkt, wo bleibt denn der Lump wieder so lang? Es is Elfe, es is Zwölfe. Wo bleibt er so lang?«

Der Kamerad: »Ich hab' schon einmal g'arbeit' im Badischen. So eine gute Kost, wie sie da haben!«

Der Zunterer nickt wieder. »Und hat sich denkt: Beim Schimmelwirt wird er sein, der Lump. Versauft die Markl und bringt die Räusch' heim. G'hört so einer net g'haut, hat sie sich denkt.«

»Das Elsaß, Kamerad, das mußt dir ein bissel anschaun im Vorüberfahrn. Das is fein ein reiches Landl.«

Und der Zunterer: »Und sie wart' und wart', und auf einmal nimmt sie ein Holzscheitl in die Hand. Warum ein Holzscheitl?«

Im Lothringischen: »Jetzt geht's auf Metz zu,« sagt der Kamerad.

»Auf Metz zu,« nickt der Zunterer. »Warum aber gleich ein Holzscheitl?«

Metz.

Im Aussteigen sagt der Zunterer: »Aber daß sie mich grad auf die Nasen haut, das hätt' nicht sein dürfen. Das muß ich ihr heimschreiben, daß sie mich net auf die Nasen hätt' hau'n dürfen.«

Die Leut' haben alle große Wasserkübel vor die Häuser gestellt, daß die durstigen Soldaten (und viele tausend ziehn vorbei) was zu trinken haben.

Der Zunterer schreibt eine Postkarte:

»Libes Weibele! Die Leuth ham ale Wasserkiebl for die Häußer gestel, das die durtzigen Soldathen was zudrinken ham. Mit Grus dein Jagl. Ich hab fil an Dich gedenkt und mus dir noch was schreim und jez keine zeit dafir nich hab ein andresmall. Grus und Kus jez gets an die frantzosen die wern augen machen wan wir komen lauter feste Leuth derbei di kenen schon zuschlagen.«

Direkt ins Raufen werden sie gefahren.

Drei, vier, fünf Bauerndörfer müssen angegangen werden, weil sie voll Franzosen sind. Viele laufen, viele wehren sich.

Der Zunterer hat einem toten Kameraden das Gewehr weggenommen, weil von dem seinen der Kolben abgesplittert ist.

»Die Axt hätt' ich net daheimlassen dürfen! Da kann man sagen, was man will: eine gute Axt gibt halt aus und hält her.«

Am siebenten Tag findet er eine Axt. Aber es ist an ihrem Stiel ein Kamerad von der Feldbäckerei dran. Er gibt sie net her, sagt der Kamerad Feldbäcker, er braucht sie zum Holzscheitern.

»Wann ich sie aber für die Franzosen brauch'!?«

»Hau' du nur mit deiner Gewehrlatten!«

Abends kommen sie in ein Dorfquartier, da müssen sie aber noch zwei Kompagnien Rothös'l hinauswichsen, bevor sie sich aufs Stroh legen können. Das macht müd, und der Zunterer mag nicht mehr herumsuchen nach einer Axt. Er schmeißt sich aufs Stroh zu den andern.

Einer ist da mit einer Brillen auf der Nasen, der ist noch nicht müd (ein dürrer, kleiner, die sind zäh und halten schon was aus), und sagt, er muß noch an seine Frau heimschreiben.

Ich müßt auch was schreiben, denkt sich der Zunterer, wenn es mir nicht so schwer wär'! Ich muß ihr das mit dem Holzscheitl richtig hinschreiben. Auf die Nasen hätt' sie mich nicht hau'n dürfen.

»Was schreibst denn heim, Kamerad?« fragt er den mit der Brillen.

»Es handelt sich um mein Hauswesen,« sagt der Kamerad.

»Um das meine tät sich's auch handeln,« brummt der Zunterer und steht auf. »Aber wie man halt die Wörtl hinsetzt, das is net leicht!«

Er guckt dem Kameraden über die Schulter und denkt sich nichts weiter dabei.

»Was schreibst denn?« sagt er neugierig. (Und denkt dabei: vielleicht hat der Seinigen auch sowas zu sagen.)

»Ach Gott, so allerhand,« meint der Kamerad.

»Du hast eine schöne Schrift. Ich,« entschuldigt er sich, »ich muß halt im Holz arbeiten mit der Axt, und da wird einem die Hand schwer, und vergessen tut man auch viel. Die Wörtl kann ich halt net so nebeneinander hinsetzen.« Er besinnt sich und sagt dann eine langsame Bitt': »Tät's dir was ausmachen, wann ich das abschreiben tät, was du deiner Alten schreibst? Mir fallt halt gar nix ein, weißt.«

Der Kamerad mit der Brillen sieht auf. Die Augengläser funkeln, weil das Kerzenlicht darauffällt, und der Zunterer überlegt sich: tut jetzt der mit seinen Augen lachen, oder hat er ein Wasser drin?

Und der mit der Brillen sagt gutmütig und aus dem Herzen herauf: »Ich schreib' dir deinen Brief, wann du magst. Den meinigen kannst du nicht brauchen, da tätst du gradhinaus lachen, wenn du das deiner Frau schreiben müßt!«

Der Zunterer schaut ihn ungläubig an. »Schreibst was Lustigs vom Krieg??«

»Paß auf, Kamerad: weißt, ich hab' meine Kakteen daheim, und die begießt mir meine Frau immer zu reichlich – sie bringt's halt nicht in sich hinein, wie man mit diesen Pflanzen umgehn muß. Es wär' schad« (da wird der Mann mit der Brillen wärmer und ganz eifrig), »wenn mir die schönen Exemplare kaputt gingen. Ich hab sie mit viel Müh heimgebracht und gepflegt. Besonders die Stapelia variegata und den Echinocactus horizonthalonius, einfache Opuntien wohl auch, wie die Coccinellifera, aber dann die Rhipsalisarten – –«

Der Zunterer hat ein Mühlrad im Kopf und muß sich über die Stirn wischen. »Das schreibst heim??«

»So was Ähnliches,« lächelt der Brillenmann und besinnt sich wieder auf die Zeitläufte und auf seine Umgebung.

»Das därf ich meiner Alten net heimschreiben,« sagt der Zunterer langsam. »Das tät' sie mir net verzeihn, und die Freundschaft wär' aufgesagt.« Und er legt sich wieder aufs Stroh. Der Brillenmann hat sich schnell was überlegt und sagt dem Zunterer (der grad hinüberschnarchen will): »Morgen schreib' ich dir einen Brief, Kamerad!«

»Ja,« gibt der Zunterer erfreut zurück. Dann streckt er sich und schläft baumfest ein. Aber die Trud kommt über ihn, reitet ihm auf dem Brustkorb und dem Magen umeinander und verlangt von ihm, daß er der Zunterin die ganze Kakteengeschichte heimschreibt. »Weibele!« stöhnt er im Schlaf, »o Weibele!«

Gut, daß alarmiert wird. und daß der Zunterer marschieren muß. Den mit der Brillen muß er aus dem Stroh reißen, weil er gar nicht aufwachen will. Er zankt ihn aus, zupft an seinem Seitengewehr herum und packt ihm den Tornister auf – »Du bist ein bissel schlampig!« sagt er besorgt, »auf dich muß ich Obacht geben. – – Schreibst mir meinen Brief heim?«

»Bei der nächsten Rast, Kamerad.«

Den ganzen Tag müssen sie marschieren. Der Zunterer schaut sich seinen Brillenmann oft an und sagt sich: Der is net schlecht. Das is ein G'scheiter und nimmt sich zusammen. Der marschiert net schlecht, so klein und zartlich als er is. Aber Obacht geben muß ich auf ihn – der schreibt mir meinen Brief heim.

Einmal rasten sie in einem Steinbruch.

»Soll ich schreiben?« sagt der Brillenmann.

»Noch net,« meint der Zunterer. »Ich hab's noch net ganz beieinander, was wir der Alten sagen müssen.«

Da kritzelt der Kamerad für sich eine Postkarte.

Was er nur alleweil schreibt? denkt sich der Zunterer. Er pirscht sich an und sagt freundlich: »Is's wieder wegen die Blumenstöck'??«

»Nein,« lächelt der mit der Brillen. »Aber es fällt mir grad ein, daß ich ein Notizbüchl im Botanischen Seminar hab' liegen lassen.«

»So, sind wir da auch durchkommen? Ich kann mir die Namen von die vielen Ortschaften net merken.«

Der Brillenmann und der Zunterer halten zusammen und lassen sich nicht mehr aus.

Der Brillenmann bringt es einmal fertig, zwei Federbetten für die Nacht zu finden, und freut sich schon auf das Gesicht des langen Holzknechts, wenn er ihm sagen kann: »Kamerad, heut schlafen wir in einem Federbett.«

Aber der Zunterer lungert noch in dem halbverbrannten Dorf umher. und der Brillenmann wartet lange lang auf ihn. Er ist geduldig und vertreibt sich die Zeit mit Briefschreiben.

»Liebe Therese – –«

Und diesmal schreibt er nichts von Opuntien und nichts von vergessenen Notizbüchern. Diesmal legt er sein Herz in die Zeilen und schreibt von Not und Freuden und von Tod und Leben. Es ist viel von dem langen Zunterer die Rede, und alle Haustorreden der Zunterin werden ausgeglichen und gutgemacht durch das, was der Brillenmann über den Zunterer weiß. Er wiegt das Herz des Kameraden mit seiner feinen Hand und schreibt: »Das ist ein fester Klumpen aus purem Gold. Liebe Therese, ich habe einen Menschen gefunden, der mir nach Dir der liebste ist. Ich würde unsäglich leiden an der Kugel, die ihn auslöschte. Schreib' Du an die Frau Zunterer Barbara in Oberzeismaring: auf diesen braven Menschen kann sie stolz sein wie die Kaiserin auf den Kaiser. Und sag' ihr: der Zunterer wird bald was von sich hören lassen – er will ihr immer schreiben und kann nicht dazukommen. Das schwere Hauen und Schlagen ist ihm lieber als das Federkritzeln. Der Prachtmensch!«

Aber da kommt der Prachtmensch selber herein in die Stube, die der Brillenmann entdeckt hat.

Stockbesoffen, der Prachtmensch.

Zwischen beiden Händen trägt er mühsam seinen Feldkessel und balanziert auf den Beinen wie eine Ente – wenn er nur nichts verschüttet, wenn nur die guten Tröpferl im Feldkessel nicht verschüttet werden!

Es ist alles für den mit der Brillen, der ist so klein und zartlich und kann sich nicht so durchs Leben helfen wie ein fester Holzknecht.

Wie sie den schönen Wein gefunden haben – die Malefizspitzbuben haben alle nicht an den Kameraden mit der Brillen gedacht, aber der Zunterer, der Zunterer!

Die Fässer haben sie eingeschlagen und haben wüst mit den Feldkesseln geschöpft. Aber der Zunterer hat gesagt: »Ich hab' einen

Kameraden, der ist klein und zartlich und muß auch einen Wein kriegen.«

»Ich hau' einen jeden,« hat der Zunterer geschrien, »ich hau' einen jeden ungespitzt in den Boden hinein, der wo meinen Kessel anrührt. Der Wein gehört dem mit der Brillen, der kann sich nicht so helfen.«

So, und da hat er den vollen Feldkessel in ein Kellereck gestellt, und dann ist er erst mit seinem Becher und seinem Durst an das Faß gegangen.

Ja oder nein: kennen wir den Zunterischen Durst?

Und die Zunterischen Räusch'?!

Und wissen wir, wie er jetzt vor dem Brillenmann steht?

Der Feldkessel schwankt in seinen Händen, und der Brillenmann begreift, daß er den Kessel abnehmen muß.

»Der Wein g'hört dein!« schreit der Zunterer fröhlich. »Die Malefizspitzbuben!«

Dann torkelt er an das Bett.

Der schwere Oberkörper sinkt in die Federn, eins der langen Beine dazu, das andre schläft draußen.

Der Brillenmann hebt es auf und legt es zum andern. Der Zunterer merkt nichts davon: er schnarcht und läßt seine liebe alte Holzknechtsäge durch die Äste rasseln.

Und der Brillenmann sagt: »Der Prachtmensch!«

Wie?

Brillenmann, wie kannst du einen besoffenen Holzknecht loben? Einen, dem du mühsam ein schönes Federbett verschaffst mitten in Krieg und Brand, und der's nicht schätzt und nicht achtet und seine kotigen Stiefel darauf wetzt.

Geh' wieder an deinen Brief, Brillenmann, und streich' die faustdicken Lügen heraus, die du hineingemacht hast.

Aha, da liest du dir's doch noch einmal durch.

Aha, und streichen, streichen.

Was, *unter*streichen tust du?

»Der Prachtmensch.« Einmal, zweimal unterstreichen. Da kann man halt nichts machen: Leute mit Brillen auf der Nasen sind sonderbare Menschen.

Und schaut ihn an: wie er jetzt den Feldkessel vorsichtig beschnüffelt!

Dann trinkt er, nicht mehr wie ein paar Fliegen trinken können.

»Malaga,« sagt er lächelnd; »lieber Zunterer, ich hätt' dir gern einen Schluck Wein aufbewahrt – aber den da nicht.«

Und geht hinaus und verschüttet den ganzen schönen Wein.

Und den Feldkessel reinigt er sorgfältig am Brunnen.

Am andern Tag klopft der Zunterer dem Kameraden vertraulich auf die Schulter: »Vor dir krieg' ich einen Respekt. Wo du so klein und zartlich bist und kannst saufen wie ein Großer.«

Er blinzelt zwischen dem leeren Feldkessel und dem Kameraden schlau hin und her.

Der Kamerad wird rot.

»Brauchst net rot werden!« lacht der Zunterer. Dann wispert er vertraulich: »Ich hab' schon viel größere Räusch' g'habt als wie du. Und viel schönere!«

»Schönere.«

»Ja, wie man halt so sagt,« meint der Zunterer, und es ist jetzt an ihm die Reih', verlegen zu werden. »Das is halt so eine Sach' mit die Räusch'. Das müssen wir einmal an meine Alte heimschreiben, weißte. Ich kann's nur net so zusammensetzen wie ich möcht', aber das pressiert net, und jetzt braucht sie auch keine Angst net ham, daß ich besuffen heimkomm' an die Samstäg.« Er unterbricht sein Gespräch und denkt wieder über die alte Sache nach.

Aber er kommt nicht weiter, als seine Gedanken in Metz waren: Das hätt' sie nicht tun dürfen, mich auf die Nasen haun!

Den ganzen Tag dürfen sie in dem feinen Quartier bleiben.

Der Mann mit der Brillen weiß dem Zunterer so viel Arbeit, daß der Zunterer brummelig wird.

»Jetzt putz' ich dir noch dein Gewehr,« sagt er, »dann muß ich ein bissel hinausschaun.«

Zum Malaga! denkt der Kamerad.

»Zunterer, wie wär's, wenn wir zwei heut keinen Rausch hätten!?«

»Warum soll'n wir keinen haben?« Der Zunterer merkt gar nicht, daß der Kamerad in seinem Gehirn herumblättert wie in einem Buch. »Es ist leicht möglich, daß wir noch einen Wein finden. Hast net g'merkt. daß er ein bissel stark is?«

»Jaja, ein wenig stark.«

»Aber er dergibt gut,« sagt der Zunterer eifrig. »Ich tät' mir keine drei Feldkessel trinken trau'n, ohne rauschig werden.«

Der Kamerad ahnt etwas: »Wieviel hast denn gestern trunken?«

Der Zunterer zögernd: »Es sind net viel mehr wie zwei g'wesen . . .«

Nicht viel mehr wie zwei. Und der lange Kerl ist dabei am andern Morgen gesund und frisch wie ein Fisch im Wasser.

Aber wenn er heut wieder so aus dem Vollen schöpft und – morgen wird's den schweren Gang geben gegen die Verschanzungen an den Côtes. Nein, heut muß er sich den Magen steif halten.

Der Kamerad mit der Brillen meint, sie könnten heut zusammen den Brief an die Zunterin schreiben.

»Den Brief,« zögert der Zunterer; »nein, den können wir heut' noch nicht schreiben. Ich hab' ihn noch net ganz beieinand' im Kopf.«

Und dann entwischt er dem Kameraden doch und macht sich wieder auf die Kellersuche.

Haha, Zunterer, haha, es ist nix mehr da!

Wie er wieder ins Quartier kommt, sagt er verdrießlich: »Du hast recht – wir müssen net alle Täg' unsern Rausch ham. Und mit dem Schreiben, das hab' ich jetzt schon ziemlich beisammen. Das tun wir morgen, Kamerad.«

»Morgen!« sagt der Mann mit der Brillen und schaut den Zunterer sonderbar an. »Warum denn aufschieben?«

»Heut,« sagt der Zunterer ausweichend, »heut schreib' ich ja selber.«

Er tut's auch wirklich. Zwei Karten verschmiert er, aber auf der dritten liest du:

»Liebes Weibele! Indem das ich dir morng schreib must Du noch warten heut das file Gewerbutzen auch mus ich für einen Kameraden buzen der is klein und zardlich mit seiner Briln aber ein guther mens und hat einen ganzen feldkesel fon dem schtarken weihn drunken da mus man respekt haben und grißt dich dein liber Jagl. Das andere schreib ich morng das mus ich mir erst überlegn und ich sags ihm und der mit der briln schreibts wo du gleich an der Schrifft merken kanst dein liber Jagl.«

Wie sie mit dem Feind Fühlung erhalten, blinzele der Zunterer dem Kameraden zu. Im Zunterischen heißt das: Keine Angst net, Kamerad, jetzt wird's ja erst lustig, und ich bin schon da beim Dasein!

»Hoppla!« kräht er dann erbost – es pfeifen ein paar Kugeln daher, und eine streift ihm den Tornister. »Malefizlumpen, französische!« Und besorgt sieht er nach dem Brillenmann und findet ihn schon langgestreckt liegen, das Gewehr im Anschlag. Er nickt ihm befriedigt zu, ob's der andere sieht oder nicht.

»Das ist kein Dummer und kein Ungeschickter,« sagt sich der Zunterer, »und der weiß, was sich schickt, und was der Brauch ist im Krieg. Mit dem muß man gut sein und ihm helfen – er muß eine Brillen tragen, der arme Teufel!«

Je, da rattert ein Maschinengewehr – das muß da drüben im Wald stehn. »Himmelherrgottsaxndi!« schimpft der Zunterer, »die Lumpen, die französischen!«

Sie liegen jetzt alle platt am Boden, der ganze Zug, und die Kugeln gehen hoch über ihnen weg. Die sollen nur schießen da drüben – herüben pressiert's noch nicht. Das wird schon zur rechten Zeit losgehen, und auf einmal wird da ein Bataillon aufspringen und dort wieder eins, und dann wird der Teufel los sein.

Ein paar Leut' sind jetzt schon ungeduldig und kriechen vor und wollen an das Maschinengewehr heran. Der Leutnant muß bremsen: er hält seine Leut' zurück und schreit auch den Zunterer an, der den langen Leib vorschiebt.

»Ich muß, Herr Leidnant, ich muß vor, weil der mit seiner Brillen auch vorn is. Der is so klein und zartlich und schreibt mir meinen Brief heim.«

Und da ist der Zunterer schon aufgerumpelt, macht drei, vier seiner allergrößten Sprüng' und wirft sich neben dem Kameraden nieder.

»Wie kannst denn du,« sagt er nachdrücklich, »wie kannst denn du einfach da so vor die andern herkriechen! Du mit deiner Brillen!«

»Und wie kannst denn du so nachhüpfen,« lacht der Kamerad, »du mit deiner Läng'!«

Der Zunterer aber legt ihm die schwere Hand auf die Schulter: »Du bist ein Zartlicher, dich darf man net allein lassen.«

Der Befehl zum Sturm ist gegeben. Der mit der Brillen springt flink auf, und der Zunterer muß fluchen, weil er mit seinem Holzknechtsgestell länger braucht. Er sieht den Kameraden wie ein kleines flinkes Wiesel rennen und läuft ihm mit ganz verrückten Sprüngen nach.

»Trau' dich net so!« schreit er ihn an, »du mit deiner Brilln!« und da ist er schon an ihm vorbeigeflogen.

Und einen Juchzer bringt er dem Feind entgegen, hoch, gellend und herzgeladen wie ein Brunftschrei.

Das kleine flinke Wiesel setzt ihm nach. »Du lieber langer Kerl darfst mir nicht allein bleiben. Du lieber langer Kerl.«

Es pfeift verflucht aus dem Busch vor dem Wald. Ssst, ssst, ssst. Und das Maschinengewehr takt noch immer. Viel zu hoch schießen die Kerle, sonst wär's ein böses Mähen.

Der Zunterer rennt ohne Helm.

Das kleine flinke Wiesel hat Blut auf der linken Wange und achtet's nicht.

Dem Zunterer hängen die Fetzen vom Rockärmel. Aber er fegt dahin und schickt aus dem Laufen heraus seinen Kriegsschrei in den Busch. Niemand kommt seinen langen Beinen nach.

Das arme Wiesel ist weit hinten geblieben.

Es muß einen Augenblick verschnaufen, um dem langen Kerl da vorn was nachzurufen: »Kamerad, Kamerad!« aber das ist ein schwaches Schreien, und der Zunterer ist schon im Busch, jauchzt, haut und haut.

Und jetzt kommen ihm drei feste Leut' zu Hilf', und dann sind's noch vier und dann ein Dutzend mehr. Dann wimmelt's im Busch, und Hämmer schlagen im Wald.

Leben, die verlöschen, schreien den Himmel an.

Der liebe Gott rauft sein weißes Haar.

Der Zunterer schreit auf, über alle hinweg, wie ein Tier im Wald.

Das kleine flinke Wiesel springt.

»Zunterer!«

Der Zunterer schreit nicht mehr.

Die Brille funkelt vor Wut und sucht und sucht. Das Bajonett leuchtet vor ihr her und bohrt sich in eine schwarze Gurgel.

»Hund! Hund!« schreit der Mann mit der Brille und reißt das Bajonett aus der Gurgel.

»Zunterer –« Aber der Zunterer antwortet nicht.

Die Brille funkelt und funkelt.

»Zunterer!«

Und der Kamerad mit der Brille kniet sich hin und schreit: »Red',
Kamerad!«

Der Zunterer rollt die Augen und macht es deutlich, daß es mit
dem Reden nicht mehr gehen will.

»Zunterer! Ich schreib' heim!«

»Weibele!« gurgelt der Zunterer.

Er schickt ein Keuchen hinterher, krampft die Fäuste, und sein
Brustkorb stemmt sich vor gegen den Tod.

»Lieber Kamerad Zunterer!«

Der lange Holzknechtleib zuckt, und die Augen verschimmern.

Der liebe Gott rauft sein weißes Haar.

Geschichten von der Heldenehrung

Die Handlung spielt in einer kleinen Münchner Bierstube. Es muß dir ein Stammtisch ins Auge fallen – muß, sage ich – sonst wären alle die vielen und merkwürdigen Bilder umsonst an die Wand darüber genagelt. Ansichtskarten (schwarze, farbige, auch wunderschöne mit Reliefdruck), dann der Graf Zeppelin, der Kronprinz Rupprecht, der Papa Geis, der Peuppus, der Mackensen und der Hindenburg.

Hindenburgs Bild aber ist mit papierenem Eichenlaub sehr hübsch gerahmt, was einer vorzüglichen Anregung des Herrn Niederwieser (Westenriederstraße 3, Käsehandlung) zu verdanken ist.

Wobei aber gesagt werden muß, daß Niederwieser lediglich die Anregung zu der sinnigen Heldenehrung gegeben hat, und daß die künstlichen Eichenblätter von Frau Theres Wanninger gekauft worden sind.

Nur um der Wahrheit die Ehre zu geben – der Niederwieser tut nämlich immer so, als ob und so weiter.

Besagte Frau Theres Wanninger aber hat mit dem Stammtisch nichts weiter zu tun, als daß sie die Knödl für ihn kocht oder das Lüngerl in der Soß und in den früheren guten Zeiten ihrer Kalbshaxen wegen eine gewisse Verehrung genoß.

Irgendein Stammtischrecht ist nie damit verbunden gewesen, sie hat in ihrer Küche zu bleiben, fertig, Amen.

Tut sie auch. Vielleicht daß sie dann und wann ein bissl herausspitzt, an Ausnahmetagen, an denen ein Sieg gefeiert werden muß, oder wenn nützliche und laute Gespräche über die Lage geführt werden. Dann kann Frau Wanninger meinetwegen aus der Entfernung ihren erregten Atem hören lassen und mit den Ohren arbeiten – eins in der Richtung zum Stammtisch, eins nach dem Herde zu, auf dem ihr nach dem Fall von Bukarest das Kalbslüngerl verbrannte.

War ein übler Tag.

Und heut (dir zulieb, Leser) steht sie richtig an der halb offenen Tür und schnaubt und horcht: die am Stammtisch behandeln den Osten.

Es ist kalt drüben, nach des Niederwiesers Redeweise sogar saukalt, und darum ziehen sie sehr an ihren wärmenden Pfeifen.

Aber über den Tabakswolken lagert der Geist Hindenburgs.

Und Red' und Gegenred' – alles über den Helden.

Der Pfleiderer nämlich – der sich unter Tags unauffällig als Dienstmann Nummero einhundertundvierzehn an irgendein Eck des Rathauses zu lehnen pflegt – der Pfleiderer hat menschliche Züge an dem Helden entdeckt, obwohl das Porträt an der Wand für Stammtischzwecke besonders martialisch – ich möcht' lieber sagen: fuchsteufelswild – gezeichnet ist.

Der Pfleiderer sagt es dem Helde auf den Kopf zu und bedient sich dabei seines beweisenden Zeigefingers: daß er auch einen Stammtisch habe, der Hindenburg.

Gift wolle er drauf nehmen, der Pfleiderer.

Ei ei. Die Frau Wanninger schnaubt heftig. Einen Stammtisch hat er, der Hindenburg!

Interessiert uns wohl auch, denk' ich.

Stellen wir uns halt zu der Frau Wanninger und spitzen auch die Ohren. »Mit Verlaub, Frau Wanninger!«

Der Pfleiderer: Da kannst ruhig Gift drauf nehmen – einen Stammtisch hat er. Ohne Stammtisch wird er halt auch net gut leb'n können.

Der Wiggl (der das kleine Sarggeschäft an der Tegernseer Landstraße hat): Vielleicht hat ein solchener wie der Hindenburg mehrer Stammtisch, als wie einen!

Der Vöstl (welcher vom Unfall lebt und alle Monat seine achtundachtzig Mark kriegt, sein ganzes Leben lang): Ein klein's bissl einen Verstehstmich wann man hat, dann muß man sich zuerst fragen: wo gibt's bei ihm daheim das bessere Bier! Da hat er seinen Stammtisch, net wahr?

Der Pfleiderer (spöttisch): In Preiß'n das bessere Bier??

Der Vöstl: Da hat er das sitzende Fleisch, da wo es das bessere Bier gibt. Net wahr: zweimal zwei is vier, und allweil geht man dem Bier nach. Meinst, das find't so ein Feldherr net raus, wo das bessere Bier is?!

Der Niederwieser (ist völlig einverstanden): Und kommt auf die Nacht und sagt: Grüß Gott, habe die Ehre, Gut'n Ab'nd zu wünsch'n.

Der Wiggl: Und der Wirt lauft, wann er ihn nur von der Weiten sieht, und nimmt ihm den Hut und den Schirm – –

Der Pfleiderer: Bist mit 'n Kopf in einen Nag'l neintret'n?! Hast du schon amal einen Feldherrn mit 'n Schirm g'sehn?!

Der Wiggl (kleinlaut): Es werd' in Preiß'n hint'n schon auch amal regnen . . .

Der Pfleiderer: Aber die Monumenter! Die Monumenter! Da stehn die viel'n Feldherrn drob'n – hast schon ein Monument g'sehn, da wo der Schirm aufg'spannt is!?

Der Mayerhofer (treibt in Haidhausen einen Eierhandel, da ist es ganz gleichgültig, ob er hört oder nicht – er hat aber sein Gehör schon Anno Vierundachtzig vollständig verloren. Es ist recht ärgerlich, das sagen alle Leut', daß er in alle Gespräch' dreinred't und immer das ganz Falsche sagt, weil er halt gar nix hört. Jetzt zum Beispiel): Wann sich halt einer in die Prozeßsachen net auskennt! (Dann nickt er dem ganzen Tische kräftig zu, ist vollständig mit allem einverstanden, besonders mit dem Prozeß, über den hier nach seiner Meinung gesprochen wird, und tut einen begütigenden tiefen Zug aus dem Kruge.)

Der Niederwieser: Das muß grad eine Ehr' sein für den Wirt und für die Gäst', wann so einer kommt. Herrgottsaxn, so a Stammtisch, wo der sitzt, das is nur eine Freud', nur eine Freud'. Das muß man g'sehn hab'n, wann so einer wie der Hindenburg auf den Tisch neinhaut. (Vorläufig ist es noch der Niederwieser, der die Faust auf die Tischplatte sausen läßt.)

Der Vöstl: Oha! Haltabissl!! Meinst, ein solchener wie der Hindenburg haut in den Tisch nein?! Mein Lieber, der macht das mit der Bildung. Der Hindenburg laßt bloß seine Aug'n kugeln, dann kennt sich schon ein jeder aus. Mein Lieber, wie der seine Augen kugeln laßt!! (Er müht sich sehr, einen Hindenburg mit rollenden Augen darzustellen; das Porträt an der Wand, das er dabei unablässig betrachtet, unterstützt ihn zweifellos.)

Der Niederwieser: Und wann er das Verzähl'n anfangt, dann spitz'n sie alle. Da darf der Herr Lehrer nix mehr sag'n, wann der Hindenburg red't. Und der Herr Amtsrichter sitzt auch mäuserlstad da – wann er aufmucksen tät, da tät der Hindenburg sag'n: Was möchtst, Herr Amtsrichter? Dreinred'n möchtst?? Gut, gehst halt das nächstemal du ins Russenfangen, und ich sperr' derweil die Leut' ein!

Der Wiggl: Bravo, bravo – dem hat er's hingerieb'n!

Der Mayerhofer (mit zustimmendem Nicken): Da is man allweil der Verlorne, in dene Prozeßsach'n.

Der Niederwieser: Ja, mein Lieber, da werd nix dreing'schnab'lt, wann der Hindenburg red't. Und wer hust'n muß, der muß gleich ein Fufzgerl in die Veteranenkasse zahl'n.

Der Vöstl (ist doch ein bissl erschrocken): Du, an einem solchernen Stammtisch kann man net mitmachn – –

Der Niederwieser (trotzig): Ein Fufzgerl, jawohl l

Der Wiggl (hat auch das ganze Gesicht voller Angst): Wann aber einer grad leer hat!? Eingeschenkt muß doch werd'n!

Der Niederwieser (ganz unbeugsam ist er geworden): Na, mei lieber, da werd nix eingeschenkt!

Der Pfleiderer (sehr begeistert): Bravo, bravo.

Der Mayerhofer (beifällig): Wie's halt geht in dene Prozeßsachen!

Der Niederwieser: Es werd erst eing'schenkt, wann der Hindenburg eine frische Maß kriegt.

Der Pfleiderer: Und auf einen solchernen Gast wird g'schaut! Dem traut sich der Schenkkellner keine Bort'n nicht geb'n! Einen solchernen Schlawiner tät er bloß ein bissl anschauen, dann – – (hier wieder das schon erwähnte Hindenburgische Augenrollen).

Der Niederwieser (richtet einen durchbohrenden Blick nach der Schenke und erhöht nicht ohne Absicht sein Organ): Da wo der Hindenburg Stammgast is, da ham sie einen ganz andern als Schenkkellner, das därft ihr mir glauben! Das is net wie bei uns, da wo man (noch mal erhöht sich die Stimme ein bissl. Großes allgemeines Aufhorchen. Der Mann am Faß erbleicht zusehends) – bei uns, sag' ich, da wo man den weitaus allergrößten Haderlumpen . . . (der Rest der Rede geht in der großen Entrüstung des Redners unter). Mei Lieber, zu uns wann der Hindenburg einmal kommen tät . . .

Der Vöstl (mit erstaunlichem Eifer, voll der Furcht, daß ein anderer den gleichen Gedanken ausspinnen könnt'): Dann darf er sich an unsern Stammtisch hinsetzen! Jawohl, das därf er aber auch! Das woll'n wir heut schon beschließen, daß für 'n Hindenburg allweil ein Platzl an unserm Stammtisch frei is.

(Schönes anerkennendes Murmeln.)

Der Mayerhofer: Ja, ja, dös Prozessiern, o mei, o mei!! (Tiefer Schluck.)

Der Wiggl (nachdenklich): Wann man das so bedenkt, daß auf einmal der Hindenburg bei der Tür reingeht und sagt: 'ß Good, meine Herrn, leid't's noch ein Platzl?

Der Vöstl: Das muß beschlossen werden: wann der Hindenburg kommt . . .

Der Niederwieser (muß ihn unterbrechen, weil er seinen Groll gegen den Schenkkellner nur zu einem ganz kleinen Teil abgeladen hat): Und wann er kommt, und es vergißt aber dieser Herrgottslump, dieser miserablige, daß er das obere Quartl auch hineintun muß in dem Hindenburg seinen Krug – – –

(Alle sehen erbittert nach der Schenke.)

Der Mayerhofer (kennt sich nun ziemlich genau aus, von was die Rede ist): Wär' das allergescheitest, wann man ihm einen recht schönen Prozeß anhängen tät, dem Herrn Schenkkellner! Da tät'n ihm die Augen aufgehn bei dene Prozeßsachen! (Ein rachsüchtiger Schluck.)

Der Niederwieser: Net wahr, und der Hindenburg tät da groß und klein schau'n! So ein Malefizhaderlump tät ja die ganze Stadt München in die Schand bringen!

Der Pfleiderer (recht bedenklich): Jawohl, und der Hindenburg, net wahr, der macht Augen hin wie ein Wilder, und bei der fünften Maß wird's ihm zu dumm, und er steht einfach auf und sagt: Jetzt is mir aber die G'schicht zu dumm, und kein Wörtl verzähl' ich mehr über das Russenfangen – der z'sammzupfte Banznhäuptling, der damische, was meint denn das ausg'schamte Mannsbild, wer ich bin!? Ich bin fein der Hindenburg!

Wieder sehr schöner allgemeiner Beifall.

Der Wiggl: So einen Menschen muß man ehren, wo man überhaupts früherszeit schon die Herrn Feldherrn auf die Monumenten hinaufgestellt hat, net wahr? Und sind die Namen unten hingeschrieben, damit es net vergessen werd, net wahr?

Der Vöstl: Und da müssen wir schon auch das unsere tun, und indem daß ich also den Vorschlag mach', daß also der Hindenburg, net wahr? wann er einmal auf München kommt, also an unserm Stammtisch . . .

Der Pfleiderer: Und die Wirtin muß ihm eine schöne Kalbshaxn aufheb'n. (Sieht giftig nach der Küchentür, wo die Frau Wanninger deutliche Zeichen der Verwirrung an den Tag legt.) Net, daß es dann heißt: Entschuldigen S', Herr Feldherr, die Kalbshaxn is schon g'strichen. Die letzte hat der Ruhstorffer Hanni kriegt.

Der Wiggl: Die Zeit wann einmal wieder da is, wo es die Kalbshaxn . . .!

Der Pfleiderer (träumt seinen Traum weiter). Und die allersauberste Kellnerin muß ihn bedienen. Ein gut gewachsenes Weibsbild, die gutding ihre zwei Zenten wiegt. Grad eine Freud' muß 's mit ihm sein, wann er mit ihr dischkeriert!

Der Vöstl (er ärgert sich): Wann tun wir dann den Beschluß machen?

Der Pfleiderer (ist mit seinen Zukunftsgedanken noch lange nicht zu Ende): Und wann er seine Haxn gegess'n hat, dann zieht er sein Pfeiferl raus. Und dann besinnt er sich und sagt: Wie wär's mit einem kleinen Haferltarok?

Der Niederwieser (aufgeregt): Nix tarokn.

Der Mayerhofer (schmunzelnd): Da tät aber der saubere Herr Schenkkellner Augen machen bei denen Prozeßsachen!

Der Niederwieser: Was wär' denn net das mit dem Tarokn! Verzähl'n muß er! Die Russ'n, muß er sag'n, die fangt man am allereinfachsten so und in der Weis', daß . . .

Der Vöstl: Oder was beißt mich da. Das is sein Patent, da wird er nix davon schnaufen. Und wann ihn einer fragen will, dann sagt er: Wann man zwölf Russen fangen will, dann muß man schauen, daß man ein Dutzend derwischt, net wahr. Und Punktum und Streusand drauf, und so also fangt man die Russen, wird er sag'n.

Der Niederwieser: Aber am Stammtisch, wo doch seine Freunderl – –

Der Vöstl: Nix Freunderl! Wo dann ein jeder seiner Alten daheim die ganze G'schicht brühwarm erzählen tät!! Nana, mei Lieber! Und auf einmal tät's die ganze Stadt wissen. In ein' jeden Metzgerladen, wann du ein Pfünderl Fleisch kaufst, kriegst als Dreingab' das Russenrezeptl vom Hindenburg!

Der Wiggl: Red' mir nix von die Metzger! Die Ochsen wern allweil dürrer und die Metzger allweil fetter.

Der Niederwieser (dieser boshafte Mensch): Du wirst ja gar net dürrer . . .

Der Wiggl (springt natürlich auf): Was? Han? Du Lackl! Du Hammel! Du ganz oberdamischer . . .

Der Vöstl: Pssst, pssst! Wann wir uns so aufführn, an dem Tisch, da wo doch der Hindenburg . . .

Der Wiggl: Wo Hindenburg? Wann Hindenburg? Ich seh kein' Hindenburg net!

Der Vöstl: Wo er doch sein Platzl bei uns hat für alle Zeit, und wo wir doch beschlossen ham . . .

Der Wiggl: Was beschlossen? Wer beschlossen? Ich hab' net beschlossen! Das wär' ja das allertraurigere, wann man sich bei euch alles gefallen lassen müßt, wann der Hindenburg da is. Und wann er überhaupts nix von die Russen erzähl'n will!

Der Niederwieser: Du allein machst 's Kraut auch net fett! Ich bin für'n Hindenburg sein' Platz am Stammtisch. Wer noch?

Begeisterte Zustimmung der großen Mehrheit gegen die Stimme des Herrn Wiggl.

Der Wiggl zieht die Konsequenzen und verläßt erzürnt die Stube. Die Zenzi eilt ihm nach und fordert ungestüm für sieben Halbe und einmal Lüngerl mit Kartoffeln eine Menge Geld. Auch bezüglich einer Brotkarte entspinnt sich ein Wortwechsel, aber wir können ihn nicht verfolgen. Zu sehr nimmt der Stammtisch unser Interesse in Anspruch.

Der Vöstl ist voll des Triumphes. Er macht wiederholt darauf aufmerksam, daß er den Antrag gestellt habe – er spricht es nicht aus, aber man erkennt aus seinen Mienen, daß er den Niederwieser im Verdacht hat, daß er gelegentlich fremde Federn auf seinen Hut stecke.

Der Niederwieser macht sich aber doch genügend wichtig, indem er den Antrag stellt, daß man dem Hindenburg die Ehrung telegraphisch mitteilen solle. Wer dagegen sei – aufstehen.

Niemand erhebt sich. Einstimmig angenommen.

Folgt die Fassung. Das ist schwer: Zehn Worte. nicht wahr, und eigentlich doch verflucht viel Inhalt.

Aber es geht:

»Hindenburg Rußland. Stammtisch Eintracht Platz für Euch immer aufhebt. Niederwieser.«

Da aber Niederwieser das Telegramm selbst und unbeobachtet von den anderen aufgibt, kann er (auf eigene Kosten natürlich) ein Wörtchen dazuschmuggeln. Gucken wir ihm über die Schulter: »– – immer aufhebt. *Gruß* Niederwieser.«

Hiasl, lüag'!

Der Hiasl stand in der Holzhütte und hackte drauflos, soweit es seine Pfeife erlaubte, das verwöhnte Ding. Sie wollte entweder zärtlich gestopft oder bedachtsam ausgeklopft sein; einmal gab sich der Wassersack und das andre Mal der Beißer in Behandlung, oder das Weichselrohr strotzte von Saft und Schmer und verlangte mit langen Hühnerfedern gereinigt zu werden. Und dann kam das große Manöver mit Stahl und Stein und Zunder – ach, was sah ich gerne zu, wenn er die Funken schlug, den Schwamm zum Glühen brachte und endlich wollüstig sog und schmauchte, friedsam und beglückt!

Aber mein Großvater fluchte. »Den sei Pfeiferl stiehlt mir mei Zeit und mei Geld. So langsam arbeit' ja koa Maurer net als wia der. Dö Himmiherrgottspfeif', dö malafizische!«

Ich erinnere mich indessen nur an ein einziges Mal, daß der Großvater seine Klagen wegen der Pfeife an den Hiasl selbst richtete. Auch dieses einzige Mal hätte er's nicht tun dürfen: der Hiasl empfand es als schweres Unrecht und lief klappernd und fluchend zum Untern Wirt und seinem Seefelder Bier. Erst drei Stunden später erschien er wieder am Hackstock, reinigte die Pfeife, stopfte sie andächtig und arbeitete mit Stein und Zunder, bis es Feierabend läutete. Und dann mußte er sich wieder einem inneren Zwange fügen und klapperte wieder zum Untern Wirt.

Mein Großvater fluchte diesmal erst, als der Hiasl außer Hörweite war.

Ich aber muß das Klappern erklären: Der Hiasl hatte linksseitig ein Stelzbein, seit dem Siebziger Kriege. Auch fehlte ihm seit dem Krieg das linke Auge; die Lider kniffen sich über der leeren Höhle zu und verharrten in einem ewigen schrecklichen Hohn. Und dann kam die scharfgekrümmte Nase dazu, wie zum Zuhacken bereit, und der fuchsrote Bart, biergebeizt und verwildert, und die überaus kühne Adlerfeder auf dem grünen Spitzhütl.

Das war wohl allerhand. Unser kleiner Hüterbub', der Zacherl, hatte einmal den Teufel im Wangerer Wald gesehen. Er war als Jäger verkleidet und trug eine Hahnenfeder auf dem grünen Spitzhütl – sonst hätte der Hiasl den Zacherl furchtbar bei den Ohren genommen: der Teufel hatte auch die scharfe Nase, den fuchsroten Bart und das verkniffene Auge. Aber statt der Adlerfeder sah der Zacherl eine Hahnenfeder, das war sein Glück.

Die Stadtbuben, die im Sommer auf unsern Hof kamen, waren dem Hiasl gegenüber recht scheu, weil sie ihre Märchenbücher hatten mit den Menschenfressern drinnen. Aber dann gingen sie doch mit mir in die Holzhütte und lernten, wie man eine Tabakspfeife behandeln muß. Manchmal ließ uns der Hiasl auch rauchen und husten und lachte uns elendiglich aus. Und wenn er sehr spaßhaft aufgelegt war, dann zog er mit den Fingern die Augenlider von der toten Höhle weg und hieß uns die französische Flintenkugel suchen, die man ihm hineingeschossen habe. Oder er schnallte sein Holzbein ab und schlug damit wild in die Luft hinein – so habe er damals die schwarzen Turkos erschlagen, reihenweise.

»Ja, Hiasl, hast denn du im Krieg scho dein' Stelzfuaß g'habt??«.

Da war er sehr ärgerlich und hieß mich ein Malafizriesenrindvieh. Und selbstverständlich habe er mit dem Schießprügel so zugeschlagen.

»Kannst dir dös net vorstelln, du Malafizriesenrindviech?!«

Und erbost schnallte er sein Bein wieder an und klapperte zum Untern Wirt.

Es war ihm schon arg gut zuzuhören, wenn er von den Turkos und Zuaven erzählte – nach seiner Sprechweise von den Türkln und Zuaffen (mit dem deutlichen Ton auf »Zu«).

Sie kamen immer in dicken Haufen aus Weinbergen oder aus Wäldern hervorgestürmt, sahen aus wie die Teufel und schrien so laut und so gräßlich, daß alle Leute erschraken. Nur der Hiasl nicht, bei Gott, niemals. Er hatte nur immer zugehauen, von vielen Gewehren die Kolben abgeschlagen und die Kerle reihenweise totgemacht, einmal ein halbes Dutzend, einmal ein ganzes – wie er gerade zum Erzählen aufgelegt war.

Die Stadtbuben störten den Hiasl oft in seinen Erinnerungen. Sie waren viel zu neugierig und hatten eine Unmenge Fragen: ob er gar nie besiegt worden sei??

Der Hiasl lachte verächtlich. »Ös Lausbuam, moant's vülleicht, mir werd a Schwarzer Herr?! Da dürfat da Teifi selber kemma, na packat'n ich bei dö Hörndl!«

Und mit rabiaten Armen fuchtelte er in der Luft.

Ja, aber warum er dann doch ein Auge verloren habe??

»Indem daß im Krieg halt g'schossn werd, net wahr. so müaßts enk dös merka, daß da schon oft oana troffa worn is. Batsch – da sitzt nachat's Kügerl, und 's Aug' rinnt aus, net wahr. Im Krieg is scho allerhand vorkemma. Aber wann der oa schiaßt, na schiaßt der andere aa, net wahr. Schiaßt du her, schiaß ich hi – batsch, legt's dich hi, und's Aufsteh' werst vergessn, dös mirkst dir. Dös giebt's fei net, daß der Hiasl net hischiaßt, wann oana herschiaßt!«

Ja, wenn aber einem Soldaten ein Auge ausgeschossen sei, dann müsse er doch heim vom Krieg?? Oder ins Lazarett??

Wegen einem einzigen Aug' tät er noch lang nicht heimgehn und in kein Lazarett erst recht nicht, brummt der Hiasl. »Oans von zwoa ab tuat oans, nach Adam Riese, net wahr, und wann ma mit oan' Aug auf d' Uhr schaugn ko, ko mar aa mit oan' Aug züln und schiaßn. Bitschbatsch und bitschbatsch, da wird halt weiterg'schossn, wann Krieg is.«

Ja, und wie denn das mit dem Bein gekommen sei??

»Mit dem Haxn, net wahr? Wia's mit dem Haxn kemma is?« Der Hiasl schaut liebevoll in seine Pfeife, stochert mit dem Zeigefinger drin herum und erklärt, daß es eine Kanonenkugel gewesen sei.

Ob es eine große Kanonenkugel gewesen sei oder eine kleine??

Jetzt steckt er die Pfeife in den Mund, weil er beide Hände und beide Arme braucht, um vor seinen Bauch einen Kreis aufzubauen, so groß wie die Kanonenkugel gewesen ist. Dann nimmt er die Pfeife wieder aus den Zähnen, legt sie vorsichtig auf den Hackstock und versucht allerhand pfeifende, gurgelnde, donnernde Geräusche aus der Lunge zu pressen, um die große Kanonenkugel ansausen, bersten und poltern zu lassen. Unterdessen sind auch seine Hände nicht müßig und schnallen wieder einmal das Bein ab, um es weit wegzuwerfen.

»So is er mir wegg'flogn, mei Haxn!«

Ein Grauen faßte uns.

»Eigntli is er no vül weiter g'flogn,« wiederholt der Hiasl gleichmütig. »A fufzg Meter weit is er g'flogn. Is in den Bach neig'falln und furtg'schwumma. Wern ihn scho d' Fisch g'fressn ham.«

Wir schleichen bedrückt und langsam aus der Hütte, Mitleid im Herzen gegen den armen Hiasl und Haß gegen die Fische, die ihm das Bein weggefressen haben.

»Er lacht!« sagt einer der Stadtbuben plötzlich, bleibt stehen und horcht. »Jetzt lacht er!«

Ich empöre mich gegen die Stadtbuben. »Moant's ös vülleicht, dös is zum Lacha, wann oan' a Kanonakugel an Haxn wegreißt und teanan 'n d' Fisch fress!?«

»Aber gelacht hat er!« beharren die Stadtbuben und stecken Zweifel in ihren Gesichtern auf.

Man muß auch wissen, daß der Hiasl vom Militär einen schönen Batzen Geld bekam für seine Tapferkeit, sein Auge und sein Stelzbein.

Aber er konnte sich nie ganz auf sein Gedächtnis verlassen: meistens war's so viel, daß er dem Bauern zu Reissen im Niederbayrischen seinen Hof mit neunhundert Tagwerk Grund abkaufen konnte.

Wieviel das sei?? meinten die Stadtbuben.

»Dös ganze Gebürg kunnt ma 'neistelln und dö Stadt Münka und ganz Tutzing und Hadorf.« Und dann wär' noch Platz für zehn Paare Schuhplattler zum Tanzen.

Was er da alles gebaut habe??

»Nix als wia Radi, lauter Radi und wieder Radi.«

Ob er die alle selber gegessen habe??

Haha! Da müsse er völlig lachen. Die Rettiche seien so groß gewesen, daß ein Mann in einem Jahr kaum einen habe aufessen können. Die meisten vier Zentner schwer, viele noch schwerer.

Wie schwer dann diese gewesen seien??

Das sei gar nicht auszusprechen gewesen, wie schwer Aber so groß seien sie gewesen, daß man sie nur habe aushöhlen brauchen, um sie als Kuppeln auf die großen Kirchtürme zu setzen.

Wo man so eine Kuppel sehen könne??

Ja, die könne man leider nirgends sehen. (Hier mußte der Hiasl über die Plackerei mit den Stadtbuben ein wenig seufzen und sich ausrastend seiner Pfeife widmen.)

Warum keine solche Kuppel zu sehen sei??

»Weil's halt koane gibt, net wahr!« sagte er verärgert.

Warum aber nicht??

»Himmiherrgotthaxn, net wahr, weil's halt koane gibt. Ös macht's enk ja koan Begriff net, wia lang als dös dauert, bis daß ma an solchern Radi ausgrabt, net wahr. A ganz's Regiment alte Feldzugskameradn hat mir g'holfa von Johanni bis – ich woaß net wia lang. Dö ham fei was essn und trinka möge, dö altn Feldzugskameradn! A Schmarrnpfanna ham ma g'habt, da drin is mei Hüaterbua mit der Egg' und vier Roß davor von Zehni bis Elfi umanandg'fahrn, daß der Schmarrn schön roggl werd und net anbrennt. Dös is enk a Pfanna g'wesn! Und dös hat a Geldl kost' – wia ih den erste Radi ausgraben g'habt hat, bin ich auf der Gant g'wesen.«

Was sei er gewesen??

»Auf der Gant. Bankrott. Firti mit'n Geld und mit Haus und Hof.«

Und was aus dem großen Rettich geworden sei??

Der sei in die Stadt gekommen. In der Stadt seien die ganz gescheiten und die ganz großen Maulaufreißer. Wenn schon die kleinen Stadtbuben das Maul so aufreißen könnten und immer fragen und nix als fragen – die Großen könnten's noch viel besser, und drum habe er den ganz großen Rettich in die Stadt geschickt.

Und wuppsdich – so ein Stadtfrack mit seinem großen Maul habe den Rettich auf einmal verschlungen.

– – Dann klapperte der Hiasl wütend aus der Holzhütte, ließ uns allein und belämmert zurück und widmete sich dem Untern Wirt und dem Seefelder Bier.

Aber anderen Tags war er wieder bereit, uns Red' und Antwort zu stehen, und behauptete, einmal sehr reich gewesen zu sein, weil er einem französischen Major das Leben gerettet habe. Der Major sei auf der Flucht in einen tiefen Brunnen gefallen und habe heraufgeschrien: »Ich bin ein französischer Königssohn. und der wo mich rettet, kriegt zehntausend Gulden!«

Ob der französische Königssohn das auf französisch gesagt habe??

»– –, der wo mi derrettn tuat, der kriagt vül Geld, mir kimmt's auf zehntausend Guld'n net o'. Gut, denk ich mir, dös Geldl kannst braucha, Hiasl. Ziahg'n nur ausser und laß dich schö zahl'n. Und ih ziahg'n rauf, und er zahlt mir zehntaus'nd Guld'n auf'n Tisch – –«

Ob der französische Königssohn auf seiner Flucht einen Tisch mitgehabt habe??

»– – und zahlt mir dö zehntaus'nd Guld'n hi und bedankt sich schö und flücht' weiter. Denk' ih mir: Was tuast mit zehntaus'nd Guld'n, Hiasl? An Bauernhof übernehma, a Wirtshaus oder a Kramerei? – –«

Ob er damals den großen Bauernhof im Niederbayrischen erworben habe, den mit den Rettichen??

Der Hiasl sah verdutzt in seinen Pfeifenkopf und spuckte verlegen aus. Damals – nein, damals habe er sich auf den Tierhandel verlegt. »Mit zehntaus'nd Guld'n, net wahr, da kann ma scho an Handl ofanga. Was waar denn net dös!«

Was das für Tiere gewesen seien??

»Frösch'!« sagte er kurz.

Jetzt guckten wir Buben uns hochverlegen an, aber er blieb steif und fest dabei und wiederholte, er habe die ganzen Frösche von Oberbayern zusammengekauft.

Wieviel das gewesen seien?? frugen die Stadtbuben, die sich schon wieder erholt hatten.

Genau wisse er's nicht mehr. Aber weit über hunderttausend Frösche habe er allein vom Bezirksamt Weilheim gekauft.

Was er damit gemacht habe??

Wieder mußte der Hiasl in die Pfeife gucken. Er mußte auch mit dem Zeigefinger in der Asche stochern, bis er die Antwort fand: er habe sie alle nach Preußen verkauft.

Warum nach Preußen??

Weil die preußischen Frösche vor lauter Heikelsein und preußischer Einbildung keine Salatschnecken fräßen, während die bayrischen – und so weiter.

Wie er aber die vielen Frösche bis nach Preußen gebracht habe??

Er habe sie überhaupt nicht nach Preußen gebracht.

????

Nein. Er habe sie zusammengetrieben, einen um den anderen auf die Freisinger Landstraße und immer weiter bis Regensburg hinauf. Und da sei ihm die Donau dazwischen gekommen.

Warum er sie nicht über die steinerne Brücke getrieben habe??

Verwirrt sah der Hiasl die Stadtbuben an und dann seine Pfeife. Über die steinerne Brücke – ja, das habe er schon tun wollen. Freilich habe er das tun wollen. Aber die Frösche seien bayrische Frösche gewesen und hätten nicht preußisch werden wollen.

Allesammen seien sie in die Donau gehüpft und hätten sich ertränkt.

Nur zwei seien durchgebrannt und nach Oberbayern zurück, damit die Rasse nicht ausstirbt. Es könne ihm niemand so ins Gesicht lügen und behaupten: daß es in Oberbayern keine Frösche mehr gebe. Dem wolle er's einmal richtig hinsagen, wenn ihm einer so ins Gesicht lügen tät!

Himmisapperment!

So ein Lügenschippel könnt sich auf was gefaßt machen, Kreuzmillionlaudonnochamal!

Es kam aber auch vor, daß die Franzosen einen schönen großen Bauernhof im Französischen in Brand geschossen hatten, und daß der Hiasl den Brand löschte und den schönen Hof rettete.

Der Bauer sagte: »Hiasl, koa Geld' hab' ih net, der Butter is mir ausganga, 's g'selchte Fleisch is stinkar worn, und der Bäurin ihre Hennan mögn net legn – aber von mein' Bienenhaus sollst a Paarl ham vo meine Bienen, da werst deine Wunder erleben!«

Ob er dann ein Wunder erlebt habe??

Die Stadtbuben sollten ihr Maul halten, das Wunder komme schon noch. Er habe die Bienen in sein Schnupftabaksglasl gesteckt und habe den ganzen Feldzug nicht mehr daran gedacht, erst beim Einzug in München, wie er den Buchwieser Ferdl getroffen habe. Der Buchwieser Ferdl sei sehr erfreut gewesen, seinen alten Freund wiederzusehen, und habe laut geschrien, vor allen Leuten und vor dem König: »Grüaß' dich Good, Hiasl, hast an guatn Schmalzlertabak, hau' a Pris her!« Jawohl, einen guten Schmalzlertabak habe er schon, und an einer Prise für einen guten alten Freund liege ihm gar nichts, aber gerade jetzt beim Siegeseinzug und vor allen Leuten und vor dem König, nicht wahr, das schicke sich doch nicht.

Pause. Der Hiasl muß tief in die Pfeife gucken, den Wassersack abnehmen, die Tabaksbrüh' herauslaufen lassen, den Wassersack wieder anmachen, Feuer schlagen, den Zunder auflegen und ziehen und saugen und paffen.

Die Stadtbuben aber fragen dringend, ob jetzt das Wunder mit den Bienen bald komme??

Die Stadtbuben sollten ihr Maul halten, das Wunder komme schon noch. Und der König habe den ganzen Dischkurs mit angehört und sich gar nicht darüber geärgert, sondern vor allen Leuten gesagt: »Hiasl, so hau' eahm halt das Glasl hin, daß die arm' Seel an Ruah gibt!« Jawohl, habe der Hiasl gesagt, Herr König, wannst du es verlangst, dann soll der Ferdl eine Pris' haben. Und er habe ihm das Glasl hingegeben, und der Ferdl habe geschnupft und gleich darauf auwehauweh geschrien. Von wegen die Bienen von dem französischen Bauernhof in Frankreich, wo ihn an der Nasen beschädigt haben.

Aber das richtige Wunder??

»Himmikreuzsternlaudonhaglelement! Wann ih allaweil sag', das Wunder kimmt scho no!«

Und der Ferdl habe mit seinem Getu' und seinem wüschten Au-
wehauwehgeschrei das Bienenpaar verjagt. Und wenn der König
nicht gewesen sei mit seiner Freundlichkeit und hätt' nicht ein paar
reitende Schandarm gleich auf die Jagd geschickt, so hätt' die Bienen der Teufel geholt, und das Wunder hätt' sich niemals nicht
ereignen können. Aber so – –

– – Stellt euch das vor: in diesem allerschönsten Augenblick
kommt mein Großvater mit seiner Wut daher, blinzelt die Pfeife an,
brüllt und tobt, haut mir zwei Watschen herunter, den Stadtbuben
nur eine per Kopf und jagt uns aus der Holzhütte heraus, bevor das
Wunder noch richtig geschehen ist.

Dann spricht er mit dem Hiasl ein Wort, aber es fällt nicht auf den
richtigen Boden. Der Hiasl spricht ein Wort dagegen und klappert
dann einfach weg zum Untern Wirt und zum Seefelder Bier.

Mein Großvater schreit uns über den ganzen Hof hinweg an: »Ös
Lausbuabn, ös miserabligen, ös stehlt's mir d' Zeit und's Geld, ös
Malafizlausbuabn!«

»Aber das Wunder?« stammelten die Stadtbuben und sahen mich
anklagend an.

Auch anderen Tags ereignete sich das Wunder nicht sofort. Wir
mußten uns sehr um meinen Großvater herumpirschen, um die
Holzhütte ungesehen zu erreichen, und dann verhinderte den Hiasl
die verwöhnte Pfeife noch lange am Reden.

Als sie aber endlich richtig brannte, war von den Bienen keine
Rede, sondern nur von Weinbergen und von schwarzen Türkln und
Zuaffen. Der Hiasl fand sich aus der sehr blutigen Schlacht (in der
ihm ein Bajonett abbrach und ein anderes krumm wurde wie eine
Sichel) erst in einem Bauernhof wieder zurecht, in dem es nichts
mehr zu essen und zu trinken gab.

»Nix zum Essen is arm, hab' ih mir denkt, und steck' an Gockl
auf'n Sabl und tua'n schö bratn und sag' zu mein' Kameraden: paß
du auf den Gockl auf, daß er net obrennt, ih find' derweil an Wein.«

Wenn es aber doch nichts zu essen und zu trinken gegeben habe??

»Ös Lausbuabn, was versteht's denn ös vom Kriag!! Im Kriag werd's Sach vergrab'n, net wahr, und da muaß ma fleißi nachgrabn.«

Ob man die Gockl auch vergraben habe??

»Lausbuab'n, malafizische! - - Ich nimm also mei Schaufl und grab' und grab', und auf oamal g'spür ih was Hart's. Ah was, denk' ih mir, werd a Stoa sei. Aber wiar ih weitergrab', speibt der Stoa Feuer und is aus Eisen.«

Ob es auch eiserne Steine gebe??

»- - und is aus Eisen und is an eisernes Kastl, so lang und so broat, und wiar ih's aufmach', san lauter goldene französische Kronataler drin, über siebentausend Guldn Wert. Denk' ih mir, dös Geld kannst guat braucha, da fangst amal a große Igelzucht o - - -«

Was für eine Zucht?? - »A große Igelzucht.«

Warum aber eine Igelzucht??

»Z'wegn dö Federn von dö Viecher.«

Ob es auch Igel mit Federn gebe??

Wenn es das gegeben hätte, dann hätte er auf die Zucht verzichtet. Aber gerade wegen der Seltenheit' und weil die Weibsbilder alles auf die Hüt' stecken, so habe er Igel mit Federn züchten wollen.

Ob es ihm gelungen sei?

Es sei ihm nicht gelungen, schimpft er. Er sei abermals auf die Gant gekommen, von Haus und Hof. So bankerott sei er gewesen, daß ihn das Gericht mir einem Fußtritt aus seinem Haus geschickt habe. Nichts habe er mitnehmen dürfen als - -

Als die Igel??

Nein, die Igel seien zu Protokoll genommen worden und in die Akten gekommen. Aber sein Schnupftabaksglasl habe er mitnehmen dürfen.

Das mit den Bienen??

Ja, das mit den Bienen. Und wie er die erste Prise geschnupft habe, sei ihm der französische Bauernhof in Frankreich eingefallen, der Buchwieser Ferdl, der König von Bayern, die Bienen und die reitenden Schandarmen. »Und ih fahr' also auf Münka hinteri und suach' meine Schandarm.«

Ob er sie gleich gefunden habe??

Nicht gleich. Sie hätten alle beide ihre Gäule im Leihhaus gehabt, und zu Fuß habe er sie nicht erkennen können. »Ich frag' also an Packträger, ob er net woaß, wo dö zwoa Schandarm wohna. Balst a Maß zahlst, führ ih dih hi, sagt der Packträger und führt mih hi. Guat, ih kimm zu dö zwoa Schandarm, dö fallen mir gleih um an Hals und sag'n: Gott sei Dank und juhe, Hiasl, weilst nur grad da bist beim Dasein! Willst g'wiß deine Malafizbienen hol'n?«

Ja, die wolle er holen.

Gott sei Dank und juhe, weil er nur die Luderbienen holen wolle! Das sei ja aus der Weis', wie die sich vermehren: im ersten Jahr eine Million, im zweiten Jahr zwei Millionen, und die Schandarmen hätten den ganzen Tag Obacht geben müssen, daß ihnen keine davonfliegt.

Ob sie auch viel Honig gehabt hätten??

Viel Honig, und guten französischen Honig. Man habe sie auch melken können, und dann sei ein türkischer Honig gekommen.

Ob er da wieder reich geworden sei??

Reich und arm sei er geworden. Alle Leute seien gekommen, um beim Bienenmelken zuzuschauen, und er habe sich vor lauter Drängelei gar nicht mehr rühren können. Zuerst habe er seinen Melkstuhl an den Köpfen zerschlagen, dann habe er sein Stelzbein abgeschnallt und an den Leuten zersplittert. Aber es habe nichts geholfen, und in seiner Wut habe er die Bienenstöcke unter die Leute geworfen. »Wia halt an anderer sein' Hund hetzt, net wahr, so hab' ih halt meine Biena loslassn auf d' Leut'. Da san s' aber auseinander!«

Die Bienen??

Die Leut' und die Bienen. Es sei ganz Nacht geworden, wie die vielen Bienen ausgeschwärmt seien, und dann wieder lichter, weil sich die Leute zerstreut hätten und die Bienen sie verfolgt hätten. Dann habe er seinen Bienen gepfiffen und habe ihnen gerufen und habe sie gebeten, aber sie seien nicht mehr zurückgekommen, keine einzige mehr.

Warum sie nicht mehr zurückgekommen seien??

»Wann ih halt net französisch pfeiffa ko!« schimpfte der Hias und wandte sich seiner Pfeife zu.

Am nächsten Tag sahen wir den Hiasl nicht, weil er nach Weilheim zum Amtsgericht vorgeladen war. Mein Großvater greinte: »Wann s'n nur b'haltn taaten, den Malafizlump'n, den gottvergessna! Der stiehlt mir mei Zeit und mei Geld.« Aber abends sagte er: »Je größer der Lump, desto größer 's Glück. A paar tausend Markl hat er g'erbt, ham s' eahm beim Amtsg'richt bekanntgebn. A seiniger Vetter is g'storbn im Unterland und hat eahm 's ganze Geld vermacht. Da kann er wieder lang schwoab'n, bis dös ganze Geldl durch d' Gurgl g'runna is. Drei Höf' hat er aso scho verjuxt.«

Ich lief mit der Nachricht zu meinen Stadtbuben. Es freute uns alle sehr, daß der Hiasl nun wieder so reich geworden war, und wir wünschten ihn lebhaft herbei, um ihm wenigstens vom Froschhandel und von der Igelzucht abzuraten.

Jetzt glaubten wir ihm auch manches, weil er schon drei Bauernhöfe klein gemacht hatte. Aber an das Bienenmelken wollte niemand von uns glauben.

Es sei auch gleichgültig, sagten die Stadtbuben, ob wahr oder nicht wahr, wenn nur der Hiasl bald wieder käme wegen des Pfeifenrauchens und seiner schönen Geschichten. Aber der Hiasl kam nicht. Es verfloß der ganze Sommer, die Stadtbuben zogen ab, und ich war wieder allein auf unserem Hof. Ich sehnte mich sehr nach unserem Hiasl, seiner Pfeife und seinen Feldzüglertaten, aber er saß in München und ließ die Erbschaft durch die Gurgel rinnen.

Es kam ein anderer Taglöhner für ihn, aber der war wortarm, arbeitete viel und schnupfte, statt zu rauchen. Er war auch im Krieg gewesen, aber wohl nicht da, wo man mit den wilden Schwarzen raufen mußte, weil er mir nie etwas erzählte.

Einmal wurde er krank, und der Doktor sagte zu meinem Großvater, daß er ihm eine Kugel herausschneiden müsse, eine Kugel von Anno Siebzig. Sie sitze im Kreuz und mache ihm viel Beschwerden.

Nicht im Auge? frug ich den Großvater. »Der Hiasl hat oane ins Aug' kriegt.«

»Der Malafizlump!« schimpfte der Großvater. »Seit ihm 's Roß geschlagen hat, stiehlt er mir mei Zeit und mei Geld.«

»Aber ins Aug' ham s'n g'schoss'n, dö Schwarz'n!« beharrte ich.

»Hör mir auf mit deine Schwarz'n! A Roß hat'n g'schlagn in der Batterie. 's Aug' is hing'wen und der Haxn aa.«

»Großvater, wann aba da Hiasl – –«

»Hör' mir auf mit dem Malafizlump'n. 's Roß hat'n g'schlag'n.«

Als der Taglöhner wieder geheilt war, wußte er auf meine Fragen nichts anderes, als daß ihm eine französische Kugel durch die Rippen durch und im Kreuz stecken geblieben sei. Und jetzt sei sie eben herausgeschnitten, und er sei froh.

Ob er viele Schlachten mitgemacht habe und auch mit den schwarzen Türken und Zuaffen??

Ja, viele Schlachten. Und auch mit den Schwarzen.

Auch, wie die Schwarzen in den Weinbergen waren??

Ja, auch in den Weinbergen.

Und dann schenkte er mir die Kugel, die sie ihm herausgeschnitten hatten, und das Geschenk war so gegeben, als ob er damit vom Erzählen erlöst sein wollte.

Er enttäuschte mich schwer. Ich sehnte mich mehr als je nach dem Hiasl und seinen Weinbergen und seinen Schwarzen und frug den Großvater oft, ob er nicht bald wiederkomme.

»Dös woaß ih guat: wann er's Geldl versuffa hat, na kimmt er scho wieder, der Lump! Ja muaß'n ih wieder ham,« schimpfte der Großvater, »und muaß'n wieder rausfuattern, wann eahm 's G'wandl z'weit worn is. Nachat stiehlt er mir wieder mei Zeit und mei Geld, der Malafizlump.«

»Großvater, hat der Hiasl vül Geld g'erbt??«

Der Großvater sagte ganz ingrimmig: »Viertausend Markel – muaß alles versuffa sei!« Und dabei sah er mich an, als ob ich das viele Geld geerbt habe und es in der Stadt versaufen wolle.

Ich entlief ihm und ging in die Holzhütte zu unserem neuen Taglöhner. Er hackte eifrig drauf los und war nicht auf meine Unterhaltung begierig. Einmal schnupfte er, aber dann nahm er gleich wieder sein Beil auf und arbeitete weiter, und der Großvater hätte ihn gewiß gelobt, wenn er das gesehen hätte.

Ich frug ihn, wie lange man brauche, um viertausend Mark zu versaufen??

Das war das erstemal, daß ich ihn richtig lachen hörte und sah, so sehr, daß er mit dem Holzhacken aufhören mußte, und daß ihm das Beil aus der Hand fiel. Er wieherte die Hütte an und sagte mehrmals ächzend: »Büable, du bringst mich um, Büable! Ich muß mich ja totlacha!«

Ah, und wie er dann Atem holte und sich den Bauch betastete, ob er nicht zersprungen und geplatzt sei.

»Büable, is dös a Frag'!! Ih hab no nia koan' Hunderter net versuffa, Büable, vül weniger an Taus'nder. Ih bin an armer Teufl, Büable.«

»Aber da Hiasl, der is reich!« triumphierte ich. »Der hat viertausend Mark!!«

»Ja, da Hiasl!« seufze er, »da Hiasl!«

Und dann hackte er wieder fleißig Holz.

»Da Hiasl is so reich, daß er viertausend Mark hat!!«

»Zum Versauffa,« gab der Taglöhner zurück, »zum Versauffa.«

»Der Hias hat scho vül mehra g'habt!!«

Der Taglöhner sagte seufzend: »Dös is halt a Glücksmensch. Der is net als wia unseroaner. Der kann alle zehn Finger g'rad sei lass'n, na geht's eahm aa guat. Der hat scho ganze Bauernhöf' versuffa.«

»Drei Höf'!« rühmte ich.

»Drei große Höf', und jetzt versauft er an kloan'. Der hat halt 's Glück. Überhaupts: wia'n damals 's Roß so g'schlag'n hat bei da Batterie, da waar' a jeder andere higwen und alleluja und in der Ewigkeit, aber an Hiasl hat's bloß an Aug' kost' und an Haxn.«

»Dös is net wahr!!«

»Es hat eahm net mehra kost'. Mir ham alle g'moant, 's Roß hat'n umbracht, so hat's ausg'haut und wieder ausg'haut und nochamal, aber es hat eahm bloß an Aug' kost' und an Haxn. Der hat halt a Glück, der Mensch.«

Ich wünschte mir, sehr groß und sehr stark zu sein, um den Taglöhner hauen zu können. »Ja, woaßt du dös ganz g'wiß?? Bist denn du dabei g'wen!?«

Er sagte verdrießlich: »Ich bin freilich dabei g'wen. Ich bin mir lang g'nua im Kriag g'wen.«

»Aber dö große Kanonakugl??«

Da sei keine große Kanonenkugel dabei gewesen. Sie hätten einfach zurück gemußt, das ganze Bataillon, und seien auf die Artillerie gestoßen, die noch nicht fertig aufgeprotzt hatte. Und da habe er den Hiasl beim Zurückgehen gesehen und habe ihm zugerufen: »Schaug', daß d' z'ruckkimmst, Hiasl!« und da habe der Hiasl hinter dem Sattelgaul gestanden und den störrigen Fuchswallach bearbeitet. Der Gaul sei wild geworden und habe elendiglich ausgeschlagen.

»Aber dö große Kanonakugl??« Das Weinen stand mir nahe, weil der Taglöhner nichts von der großen Kanonenkugel erzählen wollte.

»Da gibt's koa große Kanonakugl dabei. Dös Schinderviech hat an Hiasl hinterig'schlag'n, daß er für tot dag'legen is voller Bluat und Dreck.«

Es war keine große Kanonenkugel dabei!!

»Wia s'n z'ruckbracht ham, da bin ih aa dabeig'wen und hab'n z' Füaß'n trag'n, und da Stabsarzt hat g'sagt: Der Mann, sagt er, der braucht bloß mehr an Feldgeistlichen und zwei, die wo ihn eingrab'n. Aber er hat alles to und hat g'schnitt'n und g'naht, und weil da Hiasl so a Sauglück hat, drum is er mit'n Leb'n davokemma.«

»Warum verzählst denn dös net von derselbn groß'n Kanonakugl??« frug ich hoffnungslos.

»Weil mir da durchaus nix davo bekannt is.«

Und damit war er zu Ende, begann wieder Holz zu hacken und war nicht mehr zu sprechen.

Und der Hiasl kam nicht und kam nicht.

»Großvater, moanst, daß er bald kimmt??«

»An viertaus'nd Markl kann oana lang sauffa!« schimpfte mein Großvater. »Vülleicht geht's dösmal schneller aa? 's Sauffa hat er richti g'lernt. Dö wo so langsam arbat'n, dö san beim Geldverputz'n net dö schlechtern. Was mir der Lump Zeit und Geld g'stohl'n hat, dös is gar net zum Derrechnen!«

»Gel, Großvater, er werd dö viertaus'nd Mark bald versuffa ham??«

Mein Großvater steckte sowas wie ein Lächeln in sein grimmiges Gesicht und sagte: »*Der* scho! Der Haderlump, der nixnutzige. Stiehlt mir mei Zeit und mei Geld, der Kerl, der malafizische!«

»Großvater, hast du scho amal an Taus'nder versuffa??«

Im ersten Augenblick wollte mir der Großvater ein paar Watschen geben, das sah ich deutlich. Aber ich sah auch, wie er über die Frage erschrocken war und sich in der Stube umguckte, so völlig erschrocken und ertappt, wie er manchmal auf die Großmutter schaute, wenn sie grob war.

»Du Lausbua!« schrie er jetzt und war wieder stark und grimmig, »dir wer ih nachat a Wörtl verzähl'n, du Lausbua!«

Aber ich war schon an die Türe hingeflitzt.

»Obst scho amal an Taus'nder versuffa hast, Großvater??« (An der offenen Tür war leicht keck sein.)

»Du Malafiz – –«

Aber mein lieber alter Großvater war meinen neun Jahren gegenüber viel zu langsam.

Als ich mich im Garten hinter einem dicken Apfelbaum geborgen hatte, fiel mir ein, daß ich dem Großvater nichts Böses hatte sagen wollen, überhaupt nichts gegen ihn. Ich hätte nur arg gern gewußt, wie lange Zeit man braucht, um tausend Mark in lauter Bier aufzubrauchen. Und das hätte ich mir dann leicht ausrechnen können, wie lange viertausend herhalten, und wann der Hiasl wieder mit seiner Pfeife und seinen Feldzugsgeschichten in unserer Holzhütte arbeiten würde.

Die Lehrerin, die wir in der Schule hatten, gab mir zu Unrecht das spanische Rohr und ließ mich auf zwei kantigen Holzscheitern neben dem Ofen knien, bis die Schule aus war.

Sie war ein Frauenzimmer mit langen Haaren und kurzem Verstand (das sagte mein Großvater von allen Frauenzimmern) und verstand meine Frage nicht, und vom Trinken verstand sie erst recht nichts, weil sie nicht ins Wirtshaus ging wie die andern Bauern.

Sie hätte mich sonst nicht auf den Scheitern knien lassen.

Sie hätte dann auch gewußt, daß ich nicht vor lauter Reue und Scham weinte, sondern nur darum, weil der Hiasl noch immer nicht kam.

Die Großmutter sagte mir einmal, daß der Hiasl jetzt bald kommen müsse. Aber das tat sie nur, weil ich krank war, und weil sie mich trösten wollte.

»Ih glaub's net, Großmuatter, und ih stirb.«

Nein, nein, ich dürfe nicht sterben. Was würde dann der Hiasl sagen, wenn er wiederkäme und ich sei tot! Der würde schön schimpfen!

»Wann kimmt er denn??«

»Bald, bald!«

»Wiavül Tans'nder muaß er no versauffa??«

Aber da kam mein Großvater in die Stube herein, und die Großmutter traute sich nicht mehr so recht mit der Sprache heraus. Sie meinte, der Hiasl sei jetzt älter geworden und vernünftiger und würde nicht mehr viel Tausender versaufen. Andere seien auch älter und vernünftiger geworden – vielleicht der Hiasl auch.

»A schöner Dischkurs!« brummte mein Großvater und ging wieder aus der Stube.

»Büaberl, wer mir bald wieder g'sund!« sagte die Großmutter und ging auch. Ich hörte sie durch die Holzwände unseres Hofes mit dem Großvater ziemlich laut sprechen, und es mußte sich um den Hiasl handeln, weil viel von Tausendern und vom Saufen die Rede war.

Aber der Hiasl kam nicht.

Mich schickten sie in die Stadt auf die Studi, und die neuen Verhältnisse waren nicht so, daß sie mich viel an den Hiasl erinnerten.

In der Weihnachtsvakanz war er noch nicht da, zu Ostern nicht und in der großen Vakanz auch nicht.

Als er wiederkam, war ich schon zwölf Jahre alt und sagte ihm ins Gesicht, daß er mich schwer belogen habe. Erstens sei er niemals Infanterist gewesen, sondern Kanonier, zweitens sei das mit den Schwarzen, dem linken Aug' und der großen Kanonenkugel alles erstunken und erlogen. Wahr sei aber der Fuchswallach mit dem Ausschlagen.

Er lachte mich diebisch aus.

»Gel, Büaberl, dös ärgert dich!«

Nein, das ärgere mich gar nicht. Ich sei groß genug, um mir das nicht anmerken zu lassen. Und Pfeife könne ich jetzt auch schon rauchen, ohne daß mir sehr übel würde.

»Da, rauch'!« sagte er lustig.

Ich rauchte natürlich sehr fest, viel schneller als der Hiasl, und er lobte mich aufrichtig.

»Rauch' nur zua, Büaberl!« sagte er immer wieder anerkennend.

Aber sein Tabak war doch stärker als der, den wir in der Studi heimlich rauchten, und es schien mir, daß mir doch sehr übel werden würde.

»So,« sagte der Hiasl freundlich und merkte gar nicht wie mir zumute war, »so, Büaberl, und iatz gehst a bissl in' Gart'n 'naus, gel?«

Ja, ich ging in den Garten und legte mich unter einem dichten Holzapfelbaum ins Gras und war unglücklich wie nie in meinem Leben. Viel unglücklicher als in der Zeit, in der ich auf den Hiasl gewartet hatte.

Und jetzt sah ich ihn aus der Holzhütte auftauchen und mit seinem scharfen rechten Auge durch den ganzen Garten schielen.

Als er mich entdeckt hatte, lachte er laut und schallend und ging wieder in die Hütte zurück, vermutlich um an seiner Pfeife zu hantieren.

Mein Großvater hatte ganz recht: der Hiasl stahl ihm andauernd Zeit und Geld.

Was brauchte er nach mir zu gucken, statt Holz zu hacken?

Ich war am anderen Tag schon wieder von der Pfeife genesen, aber jetzt war der Hiasl krank geworden. Er lag in einem kleinen Kämmerl in unserem Hof, und der Doktor sagte, es werde nicht lange dauern.

»Wia moant er dös: net lang dauern?« sagte meine Großmutter.

»Dös konn aso und aso hoaß'n!« meinte der Großvater. »Aber ih denk mir, es hoaßt aso,« und er winkte mit der Hand, als wenn er jemand verabschieden wolle.

Ich lief zum Hiasl ins Kammerl. »Wia geht's dir denn, Hiasl!?«

»O mei, dahi werd's halt geh'. Dersell mit die g'spitzig'n Hörndl und mit der rauchen Haut wart' ja scho lang auf meiner.«

»Stirbst du gern, Hiasl??«

»Warum net! Im Bett is's schö sterben. Wann ih nur net so mager waar. Paß auf: sagst zu deiner Großmutter, wann ih amal tot bin, muaß s' mih mit Schweinsfett'n spicka, daß mich d' Würm ehnder anehma. – Und iatz möcht ih schlaffa,« sagte er plötzlich, drehte sich um und tat, als ob er schnarchte.

Ich erzählte der Großmutter vom Hiasl.

Sie war ganz entsetzt und schalt ihn einen Heidenchristen. »Wia sich nur oana so versündigen ko! Aber ih hol' an Herr Pfarrer.«

Der Herr Pfarrer kam und verhandelte mit dem Hiasl nett und christlich und sagte zu der Großmutter, daß der Hiasl durchaus nichts Heidnisches an sich habe.

»Also net!« seufzte die Großmutter erleichtert.'

Ich schlich gleich zum Hiasl und log: der Herr Pfarrer habe ihm den Himmel versprochen, ganz gewiß sei es wahr.

»Ujeh,« sagte der Hiasl. »Allaweil mit die Flitscherl am Buckl umanandlaffa und an ganz'n Tag singa, ujeh. Aber du,« versprach er, »du erbst mei Pfeiferl. Darfst es gleich nehma – ih kimm nimma zum Raacha.«

»Muaßt bald sterb'n, Hiasl??«

»Dös woaß ih net!« grollte er. »Mach daß d' weiterkimmst, du Lausbua.«

Einen Tag darauf ließ er mich holen. Er war recht schwach geworden und sprach viel leiser wie sonst. Ich solle ihm was von meiner Studi erzählen, was ich schon alles wisse, und was ich noch lernen würde. Und ob ich einmal ein Herr Doktor oder ein Herr Pfarrer werden wolle – wenn ich aber ein Herr Pfarrer werden sollte, das wär' ihm recht lieb, die Herrn Pfarrer reden viel mit dem Gottvater selber und könnten für allerhand Leutl ein gutes Wort einlegen.

Aber ehbevor ich ihm alles erzählen konnte, war er eingeschlafen und erwachte erst wieder, als ich mich auf leisen Zehen entfernen wollte.

»Bist du dag'wesen, Büaberl?« sagte er verwundert. »Heut konn ih dir nix verzähl'n, heut bin ih so kaputt. Und olüagn will ih dih nimmer.«

Ich sagte, er hätte mich noch nie im Ernst angelogen.

Er wehrte ab. Er habe mich oft angelogen, o ja.

»Nein, nein, Hiasl!«

O ja, o ja. »Von die Schwarz'n und vo mein' Aug' und vo mein' Haxn – alles derstunka und derlog'n. Alles derlog'n, Büaberl!« winselte er und sah jämmerlich drein.

»Dös macht ja nix, Hiasl!«

»Wann's aber alles derlog'n is!« jammerte er. »Und dö sell groß' Kanonakugl is durchaus net wahr.«

»Geh, sei stad, Hiasl!«

Ich nahm seine linke Hand, die kraftlos zum Bett heraushing. Er ließ sich's gern gefallen, daß ich sie streichelte, und schlief dabei ein. Aber er erwachte bald wieder, wunderte sich, daß ich an seinem Bette saß, und bat mich, den Herrn Pfarrer zu holen.

Ich lief wie ein Wieserl.

Der Herr Pfarrer kam und blieb lang beim Hiasl. Dann ging er zu der Großmutter und sagte ihr einen schönen Gruß von dem armen Teufel, und sie solle ihm einen Rosenkranz beten. Und einen schönen Gruß an den Großvater, und er solle ihm nichts mehr übelnehmen und alles verzeihen. Die nasse Gurgel sei halt schuld.

»Woaß scho, woaß scho,« wehrte der Großvater gerührt ab.

Und, daß er nicht vergesse, einen schönen Gruß an mich, und es sei alles verlogen, insbesondere die große Kanonenkugel.

Und der Hiasl sei ganz friedsam gestorben.

Der feldgraue Traum vom Grey

Die Achten Bayern – ah, Respekt.

Da siehst du große und bärenbreite Fürchtenichtse. Sie nehmen's dem lieben Gott durchaus nicht krumm, wenn er Senegalneger in den nächsten Schützengraben legt oder andere feste und wilde Mannsbilder, mit denen sich ein vernünftiger Hieb reden läßt. Aber die weißen Französerl – ujeh. Mit dieser wehleidigen Gesellschaft ist nicht viel anzufangen. Die fürchten die neuen eschenen Gewehrkolben geradso wie die alten nußbaumenen.

Und wenn man das Bajonett ein bissl laut aufpflanzt, fangen sie an zu zittern, daß die ganze Combreshöhe wackelt – geht's mir weg mit den weißen Französerln!

Aber wie die Achter von Combres nach dem Sélousewald zogen – ja, da standen ihnen ganz artige Kerle gegenüber. Von der Sonne vielleicht ein bissl zu schwarz gebraten, aber sonst haushohe Mannsbilder, und frech und standhaft.

Es war ein ganz anderes Arbeiten.

Der Niederwieser aber schimpfte: »Es is a Schkandal, wann ma mit solchene Gloiffi raffa muaß. A Schkandal. Schicken's setzt lauter Schwarze daher! Die soll'n s' dahoam lass'n, bei die andern Aff'n.«

Der Salzbichler: »Laß die Kerl nur schwarz sei! Es farbt koaner ab.« Er betrachtete seine Hände genau – es war keine Spur von dem zähen schwarzen Negerhals zu sehen, um den er sie gelegt hatte. »Sie farb'n net ab, sag ih dir. Ih hab 'n leicht zwoa Vaterunser lang bei der Gurg'l g'habt, den Kerl – net hat er abg'farbt.«

Aber der Niederwieser schimpft weiter: »Was du allaweil mit dein' Abfarb'n hast! Der meinige hat aa net abg'farbt – aber mei Tasch'n hat er mir rausgeriss'n aus meiner Jopp'n, des muaßt dir merk'n.« Und er zeigt seinen verwitterten Feldrock, an dem ein Mordsfleck fehlte, rechterseits, und die Rocktasche war mit dem Fleck verschwunden. »Der elendig Bazi, der elendig'! Laßt net aus! schrei' ih, oder ih stür' dir oane, du Baumaff, du schialicher! Und rauf mit eahm und rauf, und der Kerl ziahgt und reißt, und auf oamal gibt der Rock nach, und der schwarze Höllteufi liegt der

Läng' nach am Bod'n. Und wia ih 'n wieder pack'n will, is er scho auf und davon, und es kimmt mir an anderer vor'n Kolb'n. Du, der hat aber g'schaugt . . .«

Er sah mit verlorenen Augen nach dem Wald hinüber, und ein vergnügtes Erinnern glitt über seine Mienen. Dann tastete er wieder nach dem Schaden am Rock und war wieder bissig und schrie: »Woher woaß denn der Bazi, daß ih mei Geld drin hab?! An die fuchzehn Markl san 's g'wes'n! Der Malafizbandit, der windige. Und hab' d' Postanweisung schon g'schrieb'n g'habt, und dahoam wart' mei Alte mit die Kinderlen aufs Geld und wart' und wart' – moanst, die mög'n sih 's Maul ans Tischeck hinschlag'n, wann's Mittag läut'n tuat? Siehgst, denselln schwarz'n Teuf'l wann ih wieder find' – mei liaber . . .«

Er legte sich in den Unterstand aufs Stroh, und während der Feind auf den Graben funkte, schlief er ein.

Und schnarchte, stöhnte und schrie im Schlaf und schlug in einem schweren Traum um sich – paßt auf: den wollen wir uns ein bissl anschauen, den schweren Traum.

Die Niederwieserin sah den Xaverl, die Anni und den Pepperl der Reih nach an und zürnte: »Der Vater hat fei koa Geld net g'schickt. Werd er's wohl net im Schütz'ngrab'n versuff'n ham! Da werd's die Woch'n was ham mit 'n Essen!«

Der Xaverl weinte gleich hochauf, und die Geschwister hatten Arbeit, ihn zu trösten.

Aber die Mutter kramte in der alten Kommode und ging dann mit dem Ehering und den beiden schönen Ohrringen nach dem Pfandhaus.

Der grantige alte Schätzer gab ihr sieben Markl. Dann füllte er langweilig den Pfandschein aus, griff zur Streusandbüchse – – nein, den Leimtopf erwischte er und schüttete die ganze Flut über den Zettel.

»Macht nixn,« tröstete er die Niederwieserin, »ih kriag scho wieder an andern Leim.«

Die Niederwieserin ging und ärgerte sich über den Leim, der ihre Finger klebrig machte und das Papiergeld nicht vom Pfandschein loslassen wollte. Sie versuchte vergeblich die Finger an der Schürze abzuwischen und begann auf den Schätzer zu schimpfen und schließlich auf den Krieg.

Und auf einmal fiel's ihr ein: »Wann nur der Bazi, der mistige, der wo an dem Kriag schuld is, an dem Pfandschein pappn tat!«

Wupps – da kam Sir Edward Grey in einem rasenden Tempo durch die Luft geflogen, verlor in der Eile den Zylinder und einen Lackschuh und klebte plötzlich an dem Pfandschein fest.

»Ja, was woll'n denn Sie da . . .«

Die Niederwieserin ließ den schwer gewordenen Pfandschein fallen.

»Was waar denn net dees . . . Was woll'n denn Sie?«

»Ih bin da Eduard Grey . . .«

»Da Grey?«

Es pfiffen dem Pfandschein ein paar Watschen um die Ohren, daß er ganz verknüllt wurde.

»Der Grey bist – wart, Bürscherl!!«

Sie prügelte weiter, und zwei verwundete Soldaten, die des Wegs kamen, schrien:

»Hau' nur grad zua, hau' nur grad zua! Den Lumpen kenna ma!«

Die »Münchner Neuesten Nachrichten« vermeldeten das Wunder im Vorabendblatt und stellten den Pfandschein plus Grey in ihrem Schaufenster aus.

Gegen elf Uhr abends war die Sendlingerstraße vom Sendlingertor bis zum Ruffinihaus übersät von Menschen, die das Wunder sehen wollten. Siebzehn Frauen klebten an verschiedenen Wänden; ein Trambahnwagen war in der Menge so verkeilt, daß der Anhängewagen sich in den Vorderwagen geschoben hatte. (Und späterhin wurde in der Anatomie die Leiche eines Taschendiebes seziert; der

Wärter fuhr in drei Schubkarrenladungen die Uhren weg, die sich in den Leib des Unglücklichen gepreßt hatten.)

Die Schutzmannschaft konnte nur dadurch einschreiten. daß sie über die Köpfe der Leute hinwegeilte.

Aber gegen Morgen sieben Uhr war der Platz gesäubert, und der Pfandschein plus Grey wurde auf die Wache gebracht, desgleichen ein Herr, der von dem Wunder nicht zu trennen war: Herr Gabriel, der Impresario.

Als er aber die Adresse der Niederwieserin in der Tasche hatte, lief er und lief und lief . . .

Zuerst legte er ihr einen Tausendmarkschein hin und gelobte weiterhin zehn Tausender, dann zwanzig. dann hundert.

Dann zweihunderttausend Mark.

Endlich eine halbe Million.

Der Xaverl weinte hochauf: »Nimm's, Muatter. nimm's – ih mag ess'n!«

Die Niederwieserin nahm das Geld, und der Impresario ging. Sie kaufte beim Bogenmetzger vier Pfund Nierenbraten; der Xaverl trug den Andivisalat, die Anni das Brot und der kleine Pepperl eine Maß Bier.

Er nippte beim Gehen manchmal an dem Krug; erst am Haustor ließ er ihn fallen.

Der Magistrat der Stadt München hatte sich doch dazu entschließen müssen, im Jahre 1915 das Oktoberfest wieder aufs Programm zu setzen. Der Pfandschein nämlich und der Grey . . .

Herr Gabriel baute eine Schaubude für zehntausend Menschen und verhandelte mit dem Hoftheater wegen der zahlreichen Ausrufer, die er brauchte. Vom Gefangenenlager Schleißheim wurden ihm zehnmal zehn Zuaven gestellt, die an den zehn Eingängen der Bude zu trommeln hatten.

Und das Oktoberfest begann.

»Hier ist zu sehen der Anstifter des Weltkriegs, Herr Eduard Grey aus London im Königreich England, wo auf einen Pfandschein hinaufgezaubert is. Heute große Ehren- und Galavorstellung, indem daß sich die wohlgeborne Frau Niederwieser selbst vor einem hohen Adel und einem geehrten Publikum produzieren wird, wie daß sie den Pfandschein . . .« und so weiter.

Das Volk erschien in strömenden Mengen.

Von Weilheim, von Plattling, von Cham, von Traunstein, von Viechtach, von Wassertrudering, von Burghausen, von Rosenheim, von Gotteszell, von Altomünster, von Schwabach, von Lenggries, von Donauwörth. Und von Zusmarshausen. Die Eisenbahn machte glänzende Geschäfte.

Und die Riederwieserin schickte am ersten Wiesenmontag ihrem Mann nach Combres zweimalhunderttausend Mark; in dem Begleitbrief stand:

»Kein Durst darfst Du Dein Lebtag nicht mehr leiden, wo Dir immer so arg gewesen is, und alle Tag Leberknödl, so oft als Du magst und einen schönen Nierenbraten und brauchst Du nicht mehr alle Tag auf den Bau gehen und kann Dich der Herr Palier nicht mehr ärgeren und zerreißt dann auch bei der Arbeit nicht mehr das viele G'wand, wo jetzt doch alles so teuer is . . .«

Der Niederwieser schrieb zurück: »Das Geld hab ich erhalten und hab mir gleich eine neue Rocktasche annähen lassen, weil die andere beim Teufel is und indem daß heut im Regimentsbefehl stellt, daß der Herr Niederwieser zum Major ernannt worden is und afanziert und reitet auf einem hohen Pferd . . .«

Von Niederzeismaring aber war der Landmann Sylvester Hahnawachl gekommen, den man in seiner Heimat gemeinhin den wilden Vöstl nennt. Er stritt mit der Dame an der Kasse und behauptete, drei Buben in Rußland beim Hindenburg und vier in Belgien beim Rupprecht zu haben. Niemals zahle er den geforderten Eintrittspreis von einer Mark – niemals. Ein Fuchzgerl, vielleicht; und wenn man ihn nicht um ein Fuchzgerl hineinlasse, dann werde man den wilden Vöstl von Niederzeismaring kennen lernen. Obwohl es ihm auf ein Markl nicht ankomme – – wenn er dem Grey eine rechts und eine links geben dürfe, wolle er sogar einen Taler zahlen, jawohl!

Herr Gabriel, der Impresario, hörte von ferne aufmerksam zu, trat plötzlich an den Mann heran und gab ihm eine Freikarte. »Nein, keinen Dank,« wehrte er ab, »Sie haben mich auf eine gute Idee gebracht. Ich danke Ihnen, Herr – – wie war Ihr Name?«

»Ih bin der wilde Vöstl von Niederzeismaring!« sagte der Landmann mit Stolz. – –

Die Münchner Presse unterhielt sich eben eifrig über die Frage: Ob ein überlebensgroßer Hindenburg zu nageln sei oder der bayrische Löwe? Oder vielleicht die Kolossalstatue eines bayrischen Infanteristen? Der eiserne Nagel zu einer, der silberne zu zehn, der goldene Nagel für die Bierbrauer zu hundert Mark. Es würde jedenfalls viel Geld für den patriotischen Zweck eingehen.

Da trat der Impresario in den Spalten des »Wöchentlichen Anzeigers für München-Südvorstadt« auf und erzählte von den Wünschen des biederen Landmannes aus Niederzeismaring. Hier spreche die Volksseele, hier sei der Weg gewiesen. Eine links, eine rechts – er stelle seinen Herrn Grey gerne zur Verfügung – zwanzig Mark. Für ärmere Bevölkerungsschichten könne man vielleicht zwei billige Tage einlegen.

Ein Beifallssturm brauste durch das Land.

Feierlich schlug den ersten Nagel (aber ich drücke mich hier wohl nicht ganz richtig aus) die nunmehrige Frau Major Niederwieser ein.

Den zweiten der Metzgermeister Herr Michael Pentenrieder aus Plattling. (Er zahlte fünftausend Mark.)

Den dritten Herr Hans Steyrer, Gastwirt »zum bayrischen Löwen« in München, der berühmte Athlet Steyrer Hans.

»Bravo, bravo!« schrie der Herr Major Niederwieser begeistert, als er im Sélousewald die Sache in der Zeitung las. »Der Steyrer Hans, Herrgottsaxn, der Steyrer Hans, der kann ja ganz alloa a ganz's Batalljon gefechtsunfähig haun.« Dann setzte er sich hin und schrieb ein Urlaubsgesuch – er sehne sich nach München zu Frau und Kindern und zu Herrn Grey aus London. Er wolle sich für einen guten Zweck nicht lumpen lassen und noch in München eintreffen, bevor die sämtlichen Plattlinger Metzger ihren Patriotismus bewiesen hätten.

(In München aber schrieb der Rentamtmann an Herrn Gabriel einen Brief betreffend die Besteuerung von übermäßigen Kriegsgewinnen.)

Ganz München war in Aufregung, als der Herr Major Niederwieser auf seinem Pferde aus dem Sélousewald angeritten kam. Es gab wieder Verkehrsstörungen, verklemmte Straßenbahnwagen, an den Wänden klebende Frauen, im Beruf verunglückte Taschendiebe, Schubkarren voll blutbefleckter Uhren.

Beim »Mathäserbräu« stieg der Herr Major vom Pferde und begab sich zu Frau und Kindern und zum Nierenbraten in den Festsaal. Der Xaverl weinte hochauf. Der Pepperl stieß seinen Maßkrug um.

Der Mathäser hatte drei Tage lang geschlossen gehabt, um das rare Bier in größeren Mengen anzusammeln: einhundertunddreiundachtzig Hektoliter. (Die übrigens nicht allein von dem Herrn Major Niederwieser und den Seinen getrunken wurden.)

Nach dem Mahl begab sich der Herr Major aufgeräumt auf die Festwiese.

Die zehnmal zehn Zuaven trommelten.

Der Herr Major trat in die große Schaubude und ging auf Herrn Grey los.

Und schlug - - - - - -

Aber jetzt riß ihn der Salzbichler aus dem Schlaf, rieb sich die schmerzende Wange und brüllte: »Du damischer Kerl, du damischer, was brauchst denn du mir oane runterhaun!?« - -

Ach, so ist das Leben: der Niederwieser guckte sich vergeblich nach seinem hohen Pferde und seinen Majorsachselstücken um. Und rechterseits an seinem Waffenrock sah er mit Schrecken den

Riß und das Loch – es fehlten ihm zweimalhunderttausend, aller-
mindestens aber fuchzehn Markl.

»Ih wann den schwarzen Bazi wieder find'!« brummte er. »Mei
lieber . . .«

Der dumme Teufel von Walpertsham

Er war ein Teufel minderen Standes, für rein dörfliche Begriffe geschaffen und ausgebildet, ein Individuum mit plumpen Gewohnheiten und jedenfalls veralteten Methoden. Aber für die Walpertshamer Verhältnisse genügte er schon, und seine Auftraggeber waren mit der durchschnittlichen Jahresleistung zufrieden. Natürlich: wenn es sich gegebenenfalls darum handelte (in den sommerlichen Fremdenmonaten), im Sinne der städtischen Konkurrenz zu arbeiten, versagte er völlig. Er konnte weder als Tenor auftreten noch als Malzschieber; er blamierte sich auch, da er einmal als Sonntagsausflügler den jungen Mann aus dem großen Kaufladen darstellen wollte.

Ich glaube, das war beim Obern Wirt im Garten, wo er die vielen Prügel bezog und so elend hinkend und hatschend abziehen mußte, daß er vierzehn Tage später (als er wieder in seiner besten Holzknechtrolle beim Schimmelwirt auftauchte und beim Bierausspielen betrügen lehrte) noch viel die Zähne zusammenbiß.

Und in der Folge begnügte er sich damit, der richtig bestallte Walpertshamer Teufel zu sein und die Pfründe zu nehmen, wie sie ihm eben ausgesetzt war. Er hatte untertags sein Quartier, die Umkleidegelegenheit und seinen Frisierraum in dem Hollerbusch am oberen Dorfausgang und weilte nachts bei den Trinkern, Mägden und Wilderern.

Er kannte natürlich sämtliche Walpertshamer Seelen seit ihrem ersten Kinderschrei und stellte ihnen allen nach. Aus privater Liebhaberei aber war es ihm besonders um die Seele des pensionierten Katasterbuchhalters Herrn Quirin Höcherl zu tun, der aus München stammte und sich nach seiner Pensionierung in Walpertsham niedergelassen hatte – der Walpertshamer Posthalter, Herr Xaver Inglstädter, braute nämlich ein famoses dickes Landbier. Des ferneren stellte der Walpertshamer Teufel geflissentlich der Seele des Holzknechts Sebastian Pentenrieder nach, der ein Einheimischer war, dem braunen Bier und den Mägden am Bichlstein, beim Schlähhuber, beim Grasegger, beim Pfinsterle und beim Taubengidi zugetan war.

Herr Höcherl zählte schon zweiundsechzig Jahre, und seine Seele war reif wie die Zwetschgen um Michael.

Der Pentenrieder aber war knapp Dreißig, und das braune Bier bekam ihm, die Mägde bekamen ihm auch, und er war ein Ärgernis für den Doktor und den Apotheker.

Herr Höcherl hatte aus seinen Münchner Gewohnheiten viele häßliche Ausdrücke mitgebracht und vermochte nicht, sich für die ländliche Praxis von ihnen zu trennen. Es ist bekannt, daß er regierende Beamte sowohl wie Postboten, seine Haushälterin, den Schimmelwirt und den Hilfslehrer von Vaterstätten dumme Teufel nannte, nicht einmal oder zweimal, sondern durchaus durch viele Jahre hindurch.

Der Walpertshamer Teufel knirschte mit den Zähnen, als ihm die Sache bekannt wurde. »Dir wer' ich an dumma Teifi zoag'n, du Sapperlotter! Dir gib' ich nachat an dumma Teifi!«

Und er stellte ihm ernsthaft nach.

Als Herr Höcherl einmal nach einem schweren Abendheimgang zum Schlagfluß neigte – zu einem ganz kleinen Schlägerl, wie man hierzulande sagt –, da schrie der Teufel höhnisch aus dem Ofenloch: »Herr Höcherl, ich komme, deine Seele zu holen!!«

Aber den Spruch hatte der dumme Teufel lediglich in dem Kasperltheater auf dem Walpertshamer Jakobimarkt aufgeschnappt, und Herr Höcherl lud den Versucher einfach auf die Kirchweih ein.

So hatte der Teufel an diesem Abend keine Gewalt über ihn.

Auch bezüglich des Sebastian Pentenrieder hatte es noch seine guten Wege, so sehr er auch mit Gift und Galle hinter ihm her war: er hatte den Holzknecht gelehrt, sich beim Kartenspiel mit langen Beinen unter dem Tisch mit dem Partner zu verständigen – und der ungelenke Pentenrieder hatte ihm in schlechter Nachahmung vielemal die Schienbeiner mit den Bergschuhen wundgetreten. Der Walpertshamer Teufel litt darunter und legte dem Pentenrieder sein grobes Gehaben als Absicht und Bösartigkeit aus. Und darum hauptsächlich ging er seiner Seele besonders zuleibe (wenn man sich so ausdrücken darf).

Aber sie war schwer zu haschen.

Einmal sägte er ihm die Leiter durch, die an das Kammerfenster der Jungfrau Veronika Haspelmoser gelegt war, aber der Pentenrieder fiel auf den weichen Mist, sagte hoppla! und pfiff sich einen Schuhplattler für den Heimweg.

Und ein andermal schüttete ihm der Teufel einen Dreimännerrausch in den Maßkrug und ließ ihn dann in später Nacht durch die Straße torkeln, auf der die rassigen ostpreußischen Füchse des Posthalters mit einem schweren Bierfuhrwerk durchbrannten – aber die zwei Füchse wichen aus, und von den herabkollernden Fässern rollte eines schnurgerade an die Pentenriedersche Haustüre, wo es auf unerklärliche Weise verschwand. So kehrte sich die höllische Nachstellung zugunsten des braven Sebastian Pentenrieder.

Auch als der Teufel die massigen Formen der Barbara Vierheilig annahm und im Haselbusch an der Roanerwiese »pssst! pssst!« sagte, gewann er keine Macht über die Seele des Verfolgten, weil dieser heimlich ein Schießgewehr trug und überhalb der Gießenbachklamm einen Zehnerhirsch ausgemacht hatte.

Der Teufel von Walpertsham bekam von seinen Auftraggebern ein Reprimah um das andere, weil er über den beiden Seelen die anderen vernachlässigte.

Er stampfte in seiner Wut, daß sich die Erde klaftertief auftat und ihm erschrocken eine Kammer freimachte – aber die fette reife Seele des Herrn Höcherl und den kräftigen Lebensfaden des Pentenrieder durfte er nicht mit in die Tiefe nehmen.

Der dumme Teufel von Walpertsham!

Als der Pentenrieder in den Krieg zog, zwang der Teufel die alte Pentenriedermutter, ihren Buben an den Rockschößen zu halten, als er in den Eisenbahnwagen steigen wollte. Aber der Pentenrieder schwang sich lachend auf den Wagen und jauchzte, und der Teufel konnte nicht nachspringen, weil ihm die Pentenriedermutter mit zwei salzigen Tränen den Pferdefuß verbrannt hatte.

Der Pentenrieder fuhr aus der Walpertshamer Flur weg und viele mit ihm, so viele, daß ihr Jauchzen die Bergwände schüttelte und die Herzen im Dorf. Und niemand hörte darüber den Teufel fluchen, und ihre Augen waren nasse Fenster, durch die man den Teufel nicht sehen konnte, wie er auf die Schienen spuckte, bis sie der Rost fraß.

Er stampfte sich wieder klaftertief in die Erde hinein.

Und dann steckte er sich noch die Finger in die Ohren, weil das Jauchzen nicht schweigen wollte, und weil ihm ein Schrei der Pentenriedermutter wie die schwere Gicht in die Glieder schoß.

Diese Burschenseelen, die er liebte wie jungen Salat und wie die ersten Kirschen!

Er mußte sie dem englischen Kriegsteufel überlassen und sich mit zähen alten Weibern begnügen und den unauffälligen Austräglerseelen, ganz dünnen verhuzelten Dingern, zwölf, dreizehn aufs Pfund, oder der ganz schwammigen eiterigen Apothekerseele. Die vom Posthalter war verfilzt und anscheinend halb eingefroren, leicht haschbar, nichts für das Renommee der Walpertshamer Pfründe, außerdem schon dem Vorgänger verfallen gewesen; dann war noch die des Lehrers da, knarrend und staubig und ein wenig unansehnlich in ihrer Einfältigkeit; der Doktor hatte gar keine, und an die vom Pfarrer konnte man nicht recht hinan – sie kratzte und schlug aus und hatte ihre bösen Mucken; der Pfarrhofhauserin ihre war zu grob und zu knochig; die der Kramerin hochgestimmt schrill; der Hebammin Heferle ihre aber stank so von üblem Klatsch.

Wertvoll war die listige, bemogelnde, aussäckelnde Seele des Schimmelwirts, Herrn Zacharias Englhardt, ein anständiger Braten.

Aber wertvoller war die fettige, gut angehaberte pensionierte Katasterbuchhaltersseele des Herrn Quirin Höcherl.

Hihihi! sagte der Teufel, stieg wieder hoch und lief Herrn Höcherl entgegen, der zum Schimmelwirt stelzte, ein Teufelsbraten zum andern.

»Der Malafizkriag!« schimpfte Herr Höcherl.

»Recht hast!« sagte der Schimmelwirt. »Ich will koan Kriag net.«

»Ih aa net. Wia könna nachat dö an Kriag ofanga!?«

Es war dem Teufel von Walpertsham leicht, um Herrn Höcherl zu sein: er schlüpfte in den Posthalter, in den Apotheker und in den Schimmelwirt hinein und schimpfte in jeder Form und Gestalt über den Krieg, hielt dann die Hand gierig ans Ohr und hing seine Augen an den dicken Feind und sog das Wiederschimpfen in sich auf.

So verwirrte er das Gemüt des Feindes, daß Herr Höcherl nichts anderes mehr sah als seinen fetten Bauch, nie die blutige Not des Feldes und der Mütter; so taub machte er ihm die Ohren, daß sie den großen Schrei der Welt nicht mehr hörten, viel weniger den klagenden Herzschlag der Dörfer und viel weniger den steten stillen Tropfentakt des Blutes, das aus sterbenden Menschen rann.

Im Hollerbusch am oberen Dorfausgang schrieb der Teufel in sein höllisches Büchel: Er ist schon ganz Bauch. Er ist ein dicker schöner Bauch.

Einmal trug Herr Höcherl seine Seele im Trauerflor, bildlich gesprochen, weil der böse Tag gekommen war, den ihr alle kennt: sie schafften die Weißwürste ab, die vom Militär.

Anno Neunzehnhundertfünfzehn schafften sie die Weißwürste ab, und man muß es sich gut merken, und es wär' das richtigste, wenn sie's später einmal in die Schulbücher hineindrucken würden, daß das Militär Anno Neunzehnhundertfünfzehn die Weißwürste abgeschafft hat.

Herr Höcherl sagte: »Iatz därffat der Krieg scho bald auswern!«

Der dumme Teufel (als der Herr Apotheker saß er da) schlug sich aufs Knie vor Freude und hätte sich beinah verraten. Er juxte und sang in sich hinein: Herr Höcherl, deine fette Seele ist ein rohes Fleisch, nichts weiter, das muß man einmal gut braten! Iatz därffat der Krieg scho bald auswern – einzig und allein wegen der Weißwürste und nicht wegen Blut und Not, das ist schon was für mein höllisches Büchl. Der dicke schöne Bauch!

Aber Herrn Höcherl schmeckte der ganze weißwurstlose Frühschoppen nicht mehr, und er ging verdrossen heim, lang vor der gewohnten Zeit.

Die große Brummerfliege, die um ihn summte, ausgelassen fröhlich, das war der Walpertshamer Teufel.

Aber Herr Höcherl guckte die Brummerfliege und Gott und die Welt nicht an auf seinem Weg, haderte mit seinem Schicksal und sah erst zwangsweise auf, als er mit der Pentenriedermutter zusammenstieß. Es war kein grober Zusammenstoß und tat der Pentenriederin nicht weh und Herrn Höcherl auch nicht, aber ärgern mußte er sich.

Die Brummerfliege summte vergnügt und legte die Hand ans Ohr.

Und ganz sicher hätte Herr Höcherl jetzt seine Galle ausgeschüttet über die Pentenriederin und hätte sie einmal oder mehrere Male einen dummen Teufel genannt nach seiner Gewohnheit, wenn sie nicht so verweinte Augen gehabt hätte.

»Warum woant denn die alleweil, die Pentenriederin??« brummte er im Weitergehn.

Schade, schade! brummte der Walpertshamer Teufel, flog mit verdrossenem Schweigen weiter und setzte sich auf das Kanapee, auf dem Herr Höcherl die Stunde vor dem Essen verschlummern wollte.

Aber es gelang ihm nicht, einzuschlafen, weil er den Frühschoppen zu sehr abgekürzt hatte, oder weil ihm die Weißwurstnot im Kopf stak oder die steife Frage: »Warum weint denn die alleweil, die Pentenriederin??«

Er mußte seufzen und wußte nicht warum.

Der Teufel seufzte auch und wußte warum.

Aber der Krieg lief bösartig umher, und eines Tages lief er über die Walpertshamer Speiskarte hin.

Er strich den Nierenbraten und Brustbraten, den Gratbraten und den Schlegelbraten. Grausam ist der Krieg.

»Iatz därffat der Kriag scho bald auswern!« sagte Herr Höcherl ärgerlich.

Die Kalbshaxen verschwanden.

Auch die Schweine hatten keine Haxen mehr.

Damals machte der Walpertshamer Teufel Tag für Tag unter dem Hollerbusch seine Aufschreibungen, lachte, wieherte und schlug sich aufs Knie: Herr Höcherl, deine fette Seele ist ein rohes Fleisch, das muß man einmal gut braten, Herr Höcherl!

Auch wegen des schlechten Brotes mußte Herr Höcherl klagen und ein baldiges Kriegsende herbeiwünschen (Notiz im höllischen Büchl), und daß er einmal den ganzen Abend gefroren habe wie ein Handwerksbursch (Notiz im Büchl).

Der Teufel paßte scharf auf. Er saß bei Herrn Höcherl und fror mit, und als Herr Höcherl mitten in der Nacht auf die Straße eilte, um sich warm zu laufen, lief er mit. Nur nicht auslassen. Er lief die ganze Dorfstraße mit hinauf und das finstere Angergäßl mit hinein und tastete sich mit dem wütenden Herrn Höcherl vorwärts. Einmal fiel ein Lichtschein aus einem Haus, und Herr Höcherl schimpfte: »Was braucht denn die Pentenriederin die teuren Kerzen verbrennen!!« Er stellte sich auf die Zehen, um zum Fenster hineinzugucken, und da saß die Pentenriederin und strickte, und in ihren Augen blinkte es wieder so.

»Was woant denn die allaweil, die Pentenriederin??« brummte Herr Höcherl im Heimlaufen. »Allaweil woana, dös is nixn!« Er kroch in sein Bett und versuchte einzuschlafen, aber die Pentenriederin verfolgte ihn mit ihrem Strickzeug und mit ihrem Weinen.

Der Teufel floh in seinen kalten Hollerbusch – er haßte dieses Weinen.

Und der Kaffee wurde schlecht, und die Haushälterin des Herrn Höcherl schluchzte und ließ sich die Vorwürfe nicht gefallen.

Herr Höcherl aber sagte entschuldigend: »Iatz därffat der Kriag scho bald auswern!« (Der Teufel schrieb's zum alten Konto.)

Auch weil die Haushälterin vergeblich in Wangenham, Hadersdorf und Schönuffing nach Honig gefragt hatte, war dringend ein Kriegsende zu wünschen.

Und der Walpertshamer Teufel beschloß, von nun ab überhaupt sich nicht mehr mit Notizen zu quälen, sondern kurzerhand kleine

Stricherl zu machen, das Stricherl zu einem Ärgernis und zu einer Todsünde gerechnet.

Statt zwei Stück Zucker nur mehr eins in den Kaffee! »Iatz därffat – –« Stricherl.

»Wann werd's wieder amal die schöna Laugnbretzn geb'n!« sagte Herr Höcherl. »Und an warma Leberkäs dazu!!« Zwei Stricherl.

»Die Malafizfleischwapperl!« Strich.

»Und d' Zigarrn wern allaweil schlechter – pfui Teifi!« Der Teufel hätte hier zwei Striche machen können, einen objektiven und einen subjektiven, aber Herr Höcherl hatte den Ausruf auf der Straße getan, und auf dem Weg zu seinem Hollerbusch vergaß der Teufel die Hälfte des Satzes. Auch hatte sich dabei das ereignet: Herr Höcherl warf die Zigarre weg, kaum daß er sie richtig angezündet hatte, und die Pentenriederin, die einen schweren Karren des Weges schob, hob sie auf, putzte sie sorgfältig ab und steckte sie ein.

»Warum woant denn die allaweil??« brummte Herr Höcherl wieder, und der Teufel beurlaubte sich ärgerlich nach seinem Hollerbusch.

Herr Höcherl aber ging heim und sah nachdenklich aus. Er war unwirsch mit seiner Haushälterin und verlangte zu wissen, wo der Pentenrieder sei, »der langg'stackelte Holzknecht«. Ob er wohl auch im Krieg sei.

Ja, auch im Krieg. Schon seit Anfang.

Das wolle er nicht wissen. Aber Name, Stand und Wohnort, net wahr. »Die Adress'!« schimpfte er, als die Haushälterin ihn nicht verstand.

Und die Haushälterin ging zur Pentenriederin und ließ sich die Adresse aufschreiben. Es dauerte lange, weil die Pentenriedermutter so oft ihre Brille wischen mußte.

»Ih will von dene schlecht'n Zigarrn nix mehr wiss'n!« schimpfte Herr Höcherl an seine Haushälterin hin. »Schick s' dem langg'stacklt'n Kerl naus ins Feld. D' Adress' hast ja.«

Drei Tag lang blieb er in seinem Hollerbusch, der dumme Walpertshamer Teufel, und ärgerte sich.

Wenn der Herr Höcherl mit dem Posthalter und mit dem Apotheker beim Schimmelwirt frühschoppte, war vom Krieg nie viel die Rede. Sie schimpften das ihre über die teure Zeit (Stricherl, Stricherl!) und gingen mit der Obrigkeit schlecht um bis hoch hinauf, aber über die Grenze hinaus und über den Rhein und in den Krieg gingen sie nicht mit ihren Gesprächen.

Der Lehrer war auch einmal da und hatte auch mittun wollen, ganz gescheiterweis natürlich, und bei Verdun angefangen und an der Somme aufgehört – der mußte aber geduckt und belämmert abziehen.

Der Teufel sah ihn ungern gehen; der Mann schied anscheinend ganz für ihn aus mit der blauen Hilflosigkeit in seinen Augen, aber die vier feisten Höllenbraten blieben wenigstens richtig bei der Stange, die drei Gäste und der Wirt, und schimpften weiter. Sie schlugen den Lehrer kurzweg zu den Obrigkeiten und sprachen wegwerfend von ihm.

Und der Verwalter von dem großen Militärgestüt in Agathsried kehrte zu und wollte auch vom Krieg sprechen, seufzend und bitter, weil er einen Buben verloren und noch zwei draußen hatte, aber die Frühschoppengäste beim Schimmelwirt schienen schwer zu hören. Man sagte ihm nichts Spitziges und nichts Wegwerfendes, weil er der königliche Verwalter von Agathsried war, aber man begnügte sich mit »ach!« und »tja!« und »hm!« und »ja, ja!«, ließ ihn dazu große Augen machen, wie er nur gerade wollte, und ließ ihn so schnell wieder abziehen, wie er's nicht gerade hatte wollen.

»Kaamat er allaweil mit sei'm Kriag daher!« schimpfte der Herr Höcherl. »Der dumm' Teifi!«

»Der zahlt ja meine Steuern und Abgab'n net!« höhnte der Posthalter.

»Viel Leut' san jetzt krank,« lenkte der Apotheker ab.

Der Herr Höcherl sah ihn erschreckt an. Aber er sagte nichts und verleugnete es rasch wieder einmal vor sich selbst, daß ihm die Füße so angeschwollen seien.

Der Schimmelwirt schalt: »Mei Knecht will's aa allaweil mit der Krankheit ham und mit der Faulenzerei. D' Füaß san eahm allaweil so g'schwoll'n. Der Doktor sagt: d' Wassersucht.«

Der Herr Höcherl hielt sich am Tische fest.

»Was hast denn, Höcherl?«

»Ih? Nixn. Ih hab nixn.« Er würgte ein Witzlein heraus: »Ih hab' in mein' Leb'n koa Wasser net trunka.«

Der Apotheker lachte: »An Posthalter sei Knecht aa net.«

»Die Pentenriederin,« fiel der Posthalter ein, »dö is heut auf der Straß'n umg'fallen.«

»Warum?« frug der Herr Höcherl, und es war ihm unbehaglich, merkwürdig unbehaglich, und er wußte nicht, wie es kam, daß ihm der Name der alten Wittib das Gemüt verwirrte, »warum is s' umg'fall'n?«

»Mitt'n auf der Straß'n,« sagte der Posthalter gleichgültig; »is halt scho a schwachs Weibets. Und iatz dö schlechte Kost. Koa Geld is aa net da und nix zum Zuaspitz'n.«

»Ja,« gab der Herr Höcherl zerstreut zu, nur um was zu sagen. Er empfand einen leisen Ärger: was ging ihn denn die Pentenriedermutter an! Aber die mit ihrem ewigen Weinen, die verfolgt einen förmlich. Bis in den Schlaf hinein geht einem das nach mit ihrer Weinerei. Das Bier verdirbt sie einem im Wirtshaus.

Und da erschrak er wieder, und seine Gedanken wiederholten das Witzchen: »Ih hab' in mein' Leb'n koa Wasser net trunka.«

Und er konnte nicht anders: er mußte die geschwollenen Füße unterm Tisch hervorziehen und mußte aufstehen und mußte das Witzchen laut wiederholen: »Ih hab' in mein' Leb'n koa Wasser net trunka!«

»Was hast denn, Höcherl!?«

»Nix hab' ich. D' Wassersucht.«

Der Teufel schlich jetzt immer um das Haus des Herrn Höcherl herum, weil es ihm in der Krankenstube nicht geheuer war. Der

Pfarrer ging aus und ein, und der Lehrer kam auch einige Male – den konnte er noch weniger leiden, den dürren Menschen mit der blauen Sanftheit in den Augen.

Wenn der Schimmelwirt gekommen wär' – mit dem hätte er sich hineingeschlichen. Auch mit dem Apotheker und mit dem Posthalter. Aber die kamen nicht, die waren alle krankenscheu und blieben lieber beim Schimmelwirt.

Der Herr Höcherl frug die Haushälterin zornig: wo sie denn wären, die drei. Sie wußte es nicht, und darum fielen ihr so viel Grobheiten an den Kopf, daß der Teufel vor der Haustüre kichern mußte.

Es schmeckte dem Herrn Höcherl kein Essen mehr, und die Haushälterin mußte in ihre Schürze hineinheulen. Herr Höcherl war ganz erbost über die Heulerei und schickte die Haushälterin weg, um seine Ruhe zu haben. Sie solle das ganze Essen nehmen und es zur Pentenriederin tragen.

»Malafizdummer Teifi, schaug, daß d' es weiterbringst!«

Und das gab dem Teufel von Walpertsham einen Stich durchs Herz, und er wollte wütend in die Krankenstube stürzen, als die Hauserin gegangen war; aber der Speisengeruch im Hause tat ihm weh wie der Duft einer guten Tat, und er sprang wieder rasch ins Freie, um nicht zu ersticken.

Gerade als wenn sein dicker Feind es darauf abgesehen hätte, ihn zu quälen: nun trug die Hauserin alle Tage was zu der Pentenriedermutter.

Und einmal kam die Pentenriederin, stammelte hundert »Vergelt's Gott«, daß der Teufel nur so winseln mußte, und lobte die Hauserin und das arg gute Essen.

»Mir schmeckt's net!« schimpfte der Herr Höcherl.

»Mir schmeckt's guat!« sagte die Pentenriedermutter, »und wann's nur mei Bua aa so guat hätt' im Lazarett.«

Der Herr Höcherl aber hatte seine Wassersucht und wollte von dem »langg'stackelt'n Holzknecht« nichts wissen und nichts von seinem Lazarett und seinem Leiden. »Ih hab' mei Wassersucht!« sagte er ingrimmig. »Dös muaßt dir merken, daß ih mei Wassersucht hab'. Dös g'langt mir.«

Die Pentenriedermutter aber hatte ihr Herz offen, und es quoll alles heraus: »Mei Bua hat den linken Fuaß verlor'n, bis obenauf, Herr Höcherl, da ham s'n eahm abnehma müass'n, aber sie ham mir scho g'schrieb'n, für ganz g'wiß und wahr, daß er net sterben muaß – –«

»Ih will nix wiss'n vom Sterb'n!!«

»– – für ganz g'wiß ham s' es mir g'schrieb'n, o du lieber Herr und Heiland, laß mir doch mein' Buam, wann er aa nur mehr oan' Fuaß hat, aber wann er nur 's Leb'n hat, ih will ja gern arbat'n, du lieber Herr und Heiland!«

Dann schluchzte sie in sich hinein, ganz unhörbar nach alter Leute Gehaben.

Der Herr Höcherl starrte an die Zimmerdecke.

Und der Teufel von Walpertsham lauschte verzweifelt und konnte nichts hören und hatte eine Höllenangst.

Als die Pentenriedermutter hinter dem Sarg des Herrn Höcherl schritt, betete sie aus dem Herzen heraus in der groben Bauernsprache zum lieben Gott inbrünstig für den guten Herrn Höcherl, wie sie für ihren Buben gebetet hätte. Sie erzählte dem lieben Gott von dem guten Essen: »Du woaßt es scho, lieber Himmivater. daß er dös alte Weiberl net hat verhungern lassen, und du werst es eahm scho vergelt'n in der Ewigkeit. Du lieber Herr und Heiland im Himmi drob'n, er is a so vül guater Mo g'wen. Herr, hab'n selig.«

Da nickte der alte liebe Gott im Himmel droben dreimal, und da wischte sich der Apotheker die heiße Stirn, der Posthalter hustete gepreßt, und der Schimmelwirt wurde blaß hinter dem Sarge.

Der Pfarrer sagte: »Selig die, die die guten Werke mit hinübernehmen ins Jenseits.«

»Sie erbt,« sagte der Posthalter und deutete auf die Pentenriedermutter.

»Ja,« sagte der Apotheker.

»Warum??« frug der Schimmelwirt.

»Dös woaß neamad, warum,« sagt der Posthalter.

Die Pentenriedermutter wußte es auch nicht. Der Notar hatte es in seinen Papieren schwarz auf weiß, und der liebe Gott hatte einmal genickt, als er in den Papieren geblättert hatte.

Aber dreimal hatte er genickt, als die Pentenriedermutter mit ihm gesprochen hatte.

O du dummer Teufel von Walpertsham!

Herr Huber, der grausame U-Boot-Feind

Ich will versuchen, die wahre und merkwürdige Geschichte glaubhaft zu machen, wie nämlich eine U-Boots-Debatte in sich selbst ersoff. Aus dem Schicksal der Debatte ist zu ersehen, daß es sich um Wasser handelte, um viel Wasser.

Und damit haben wir den Konflikt: hier das viele Wasser und dort seinen gröbsten Gegner, Herrn Huber aus Kirchseeon.

Herrn Hubers Porträt – insoferne es dem Leser überhaupt interessant sein soll – ist mit ein paar Strichen gezeichnet: von der Seite gesehen wie eine aus fabelhaft dickem Speck geschnittene Silhouette. Von vorne: auffallend viel Gesichtsröte, eine rundrunde Geschichte ohne Pointe; furchtbar kleine Augen – Bart hat er nicht, aber es ist ausnehmend viel Kinn da, wenn man so sagen darf: mehrere Etagen Kinn.

Auch sonst ist Herr Huber eine sehr abgerundete Persönlichkeit – Bauch, Sitzflächen, Waden, Armverhältnisse und Prankenmaß ganz schrecklich, und Haus und Hof und Geldstrumpf absolut rund und überall angesehen.

Herr Huber hat eine bestimmte persönliche Note dadurch, daß er allen mageren Dingen feindselig gegenübersteht. So stammt von ihm der verrückte und doch bezeichnende Ausspruch über den armen und dürren Schneider Bitzerl von Happach: der Mann sehe aus wie das Leiden Christi zu Pferd. Hat man so was schon gehört!

Überhaupt ist Herr Huber ein unsanfter Patron und kann sehr störend auftreten. Schlimm, schlimm, daß er Macht über viele Menschen hat, die ihm teils Geld schulden, teils Geld an ihm verdienen wollen. Hm, ich möchte nicht in ihrer Haut stecken. Herr Huber ist für die Kirchseeoner Verhältnisse ein richtiger fetter Nero, und man muß sich an einem Tisch, unter den er seine Beine streckt, recht beherrschen können.

Und da fängt die Geschichte langsam an, Geschichte zu werden: weit über Kirchseeon hinaus ist der Haß berühmt, den er seit vielen Jahren dem Wasser entgegenbringt.

(Warum und seit wann – wer weiß das?)

Aber als der ahnungslose Hilfslehrer von Polykarpszell einmal in Gegenwart des Herrn Hubers erzählte, wie er auf einer Bergtour endlich, endlich an eine Quelle gekommen sei, – na, ich danke. Es gab einen grausamen Auftritt mit zwei Rechtsanwälten hintennach, einem gewässerten und einem wasserscheuen, und Herr Huber mußte außer den Gerichtskosten noch extra hundert Mark in die Armenkasse zahlen.

Schwamm drüber. Das Gericht kurierte den Mann doch nicht, und der Wasserhaß des Herrn Huber ist heute vielleicht eher stärker geworden.

Und so wollen wir die Geschichte erzählen, in der wir den merkwürdigen Mann und seinen Kampf gegen das Wasser genügend kennenlernen werden.

Der Vordermayer von Leipoldshofen hatte angefangen. Er wollte eigentlich nur das feindliche England beurteilen – nach bestem Wissen und Vermögen.

Grübelnd begann er: Nix Gewisses weiß man net. Was die fremden Länder sind, die sind halt so viel weit weg.

Der Seebacher: Wo doch der Posthalter einmal mit dem Pater Zyprian die Reis' auf Rom hinteri gemacht hat, der hat g'sagt, da tät sich gar niemand keinen Begriff nicht machen, wie weit die fremden Länder weg sind. Ich kenn' ihn gut, den Posthalter. Beim Roßhandel, da muß man ihn scheuen – da is er immer der Schlauere.

Der Zwieselhuber: Wann man sich ein Geographiebüchl kauft, da wo die vielen Erdteil' drin sind, da kennt man sich aus. Umblatteln und den Finger drauflegen, wann England kommt. Auf der sechsten Seiten, das is England. Ihr Leutl! Da sieht man's genau, mit die Städt' und mit die Dörfer.

Der Empfenzeder (nickt beifällig): Ich weiß es gut. Da is das viele Wasser dazwischen, net wahr. Das wird unser Herrgott schon gewußt haben, warum er das viele Wasser dazwischen getan hat!

Der Herr Huber (runzelt die Stirn, aber er schweigt).

Der Zwieselhuber: Das sieht man alles in die Geographiebüchl drin, herenten das Wasser und drenten und oben und unten. Und überhaupts ringsumadum. Da muß man nachsinnierig werden, wann man das viele Wasser auf einmal sieht.

Der Herr Huber (macht wilde Augen, sagt aber noch nichts).

Der Vordermayer: Warum dersauffen sie denn net, die Herrgottsbazi!?

Der Herr Huber (hat einen ganz feuerroten Kopf – aber mit der Sprach' rückt er immer noch nicht heraus).

Der Seebacher: Wann sie alle ersaufen täten, dann wär's gleich fertigamen mit dem Krieg!

Der Zwieselhuber: Soll'n sie vielleicht freiwillig ins Wasser . . .

Der Herr Huber (hält die Geschichte nicht mehr aus. Sein erstes Wörtl poltert schon): Kreuzmilliontürk'nelementn – –

Großer, großer Schrecken.

Der Herr Huber: Ob jetzt amal a Ruh' is mit dem vielen Wasser?!

Der Vordermayer: Was wahr is, darf man doch sagen, net wahr?

Der Herr Huber: Da muß man ja Frösch' im Hirn kriegen bei einem solchernen saudummen Dischkurs.

Der Zwieselhuber (will begütigen): Schauen S', Herr Huber – man red't ja bloß . . .

Der Herr Huber (sprudelnd, ganz wild): Hat man ja früherszeit auch net drüber g'red't, net wahr, und wär' um ein jedes Wörtl schad' gewesen, was man wegen dem lumpeten Wasser verliert! Und wann heutzutag gewachsene Mannsbilder nix anders wissen!!!

Der Empfenzeder: Aber wir reden ja über die Englischen . . .

Der Huber (beißend): Bis die andern die Ohren voll Wasser ham, net wahr!

Der Vordermayer: Schauen S', Herr Huber . . .

Der Herr Huber: Kreuzmillion, ich schau' net!!.

Bedrückte Pause.

Der Herr Huber ist der Herr Huber, und seine Worte haben einen besonderen Klang.

Der Zwieselhuber tät sehr gern einen Einwurf machen – aber der Herr Huber!

Der Empfenzeder tut lieber einen tiefen Schluck und denkt sich: wann ich ihm nur kein Geld net schuldig wär!

Der Kreuzer hat überhaupt kein Wort gesagt, aber er ist eine gute Haut und noch viel bedrückter als alle anderen und trägt sichtbar den ganzen Ärger des Herrn Huber für den ganzen Tisch. Ja mein, sagt er bekümmert, ja mei!

Der Herr Huber (drohend): Was soll alsdann das bedeuten, das ja mei???

Der Kreuzer (wie ein Häuflein Unglück): Ja mei, wie man halt so red't, net wahr. Und ich hab' durchaus gar nix gemeint.

Der Herr Huber: Aber halt doch reden, net wahr. Grad allweil das Maul aufreißen!

Schwüle Pause. – Der Kreuzer tut einen tiefen Zug, aber er kann sein ganzes volles Elend nicht hinterschwemmen. Auch der Herr Huber greift zum Krug, aber er setzt ihn wütend wieder ab und schreit: Zahl'n! Stasi, zahl'n!

Die Stasi: Gengen S' schon, Herr Huber?

Der Herr Huber: Zahl'n, hab' ich g'sagt!!! Fünf Halbi und an Kaas.

Die Stasi: Macht achtzig und vierzig, sind einszwanzig – ham S' a Brot auch?

Der Huber (schreiend): Freilich hab' ich a Brot!

Die Stasi nimmt zitternd ihr Geld. Und der Herr Huber springt auf und geht – ohne B'hüt Gott und Adjes.

Endlich ist er draußen! Das tut ordentlich wohl. Alle Mannerleut' richten sich wieder auf, und der Zwieselhuber sagt mit dumpfem Groll in der Stimme: Wir ham ihm durchaus nix Böses g'sagt . . .

Der Kreuzer: Durchaus net. Warum soll'n wir net vom Wasser reden därfen?? Jetzt grad mit Fleiß: Wasser – (er kriegt die helle Wut) – und noch amal Wasser und wieder Wasser! Was wär' denn net dös! Himmikreuzlaudon – jetzt is erst recht viel Wasser bei die

Englischen und hint und vorn und ringsumadum Wasser und nix als wie Wasser!!! (Haut furchtbar mit der Faust auf den Tisch.) Und überhaupts lauter Wasser und nix als wie Wasser!

Der Vordermayer (macht ängstliche Augen. Wenn das der Herr Huber alles mit anhören tät!).

Der Empfenzeder (zum Kreuzer): Siehst es, so hättst vorher reden soll'n!

Der Kreuzer: Is ja wahr auch – wann wir vom Wasser reden, das geht keinen andern durchaus gar nix an. Indem daß es doch kein Gesetz net gibt, wo ein solcherner Paragraph drin is, net wahr . . .

Der Zwieselhuber: So wild bin ich schon gleich, daß man gar net wilder sein kann. Wann's dem Herr Huber net recht is, dann – – –

Aber da kommt der Herr Huber gerade wieder in die Stube herein. Er hat sich's überlegt: es ist doch noch zu früh zum Heimgehen und beim Alten Wirt ist jetzt grad das Bier nicht gut – kehrt er lieber wieder um. Und da ist er jetzt und alles ist wieder stumm. und die größten Männer sind wieder klein geworden.

Der Herr Huber (mit unverkennbaren Spuren des alten Grolls in der Stimme): Stasi, bringst mir noch eine Halbe. Ich hab' mein Quantum noch net beinand'.

Wie ein Pfeil fliegt die Stasi.

Und der Tisch schweigt.

Der Herr Huber: Is euch 's Wasser im Maul g'fror'n?

Der Kreuzer (ach Gott, er ist wieder zu einem ganz kleinen Männle zusammengesunken): Wie meinen S', Herr Huber?

Der Herr Huber (etwas unterwachsen grob): Ob euch euer saudumm's Wasser im Maul z'sammg'fror'n is!

Hilflos lächeln sie alle. – Der Zwieselhuber riskiert ein kleines Lachen, aber es will nicht recht heraus. Dann versucht er's mit einem Grinsen, das er dem Herrn Huber recht sichtbar zuwendet – o du lieber Gott, das soll wie Beifall zu einem guten Witz aussehen!

Der Vordermayer (lacht auch ein bißl): Ob uns 's Wasser eing'fror'n is??

Der Kreuzer (seufzt ganz unglücklich): Wissen S', Herr Huber, wir ham bloß über die Englischen . . .

Der Zwieselhuber (voll Eifer): Über die Torpeder, net wahr . . .

Der Herr Huber (spöttisch): Torpeder!

Der Zwieselhuber: Über die Torpeder, net wahr, wo die vielen Meerschiff' . . .

Der Herr Huber: Meerschiff'!

Der Vordermayer (kommt zur Hilfe): Nämlich die U-Boot', Herr Huber . . .

Der Herr Huber (ist schon wieder gereizt und trommelt mit allen Zehnen auf der Tischplatte).

Der Empfenzeder (wird nun auch kühn): Indem daß es in der Zeitung steht mit die Torpeder – – ham Sie's net geles'n??

Der Herr Huber (nein, wie höhnisch!): Was hab' ich net g'les'n??

Der Kreuzer: Von wegen die Versenkungen halt, Herr Huber . . .

Der Herr Huber: Jawohl, Versenkungen!!! (Kreuzfuchtig.) Habt's schon wieder das saubere Kapitel, net wahr, da wo man so schön vom Wasser dischkeriern kann! Himmiherrmachsanders, da kunnt einen doch gleich der Teufl kreuzweis – – Stasi, zahl'n!!!

Und der Herr Huber trinkt sein Bier aus, schüttelt zehn Flüche von sich und geht.

Jetzt kommt er aber sicher nimmer zurück.

Der Kreuzer fängt gleich wieder vom Wasser an – »und wieder Wasser und noch amal Wasser!« schreit er – und ist wie ein Junger von achtzehn Jahren vor lauter Freund.

Und vor lauter Wasser und wieder Wasser – na, das sind saubere Räusch' geworden.

Über die U-Boote haben sie kein Wörtl mehr geredet, nur mehr vom Wasser.

Ich bin froh – kann ich mein Geschichtl ruhig beschließen.

Das Kriegstagebuch

Das Landsturmbataillon Weilheim zog aus – weit ins Russische hinein.

Ich nahm am Bahnhof von den alten Jugendfreunde Abschied. »Hans,« sagte ich zu meinem Lieblingskameraden, »Hans, vergiß nicht, ein Tagebuch zu führen. Deine Kinder werden einmal mit Stolz drin blättern.«

Er sah mich mit einem bedauernden Lächeln an und klopfte heftig auf seinen linken Brustfleck, hinter dem sich eine pralle viereckige Masse ohne weiteres als Notizbuch darstellte.

Kaliber: Schwartenmagen.

Er zog das Ding hervor und ließ die Unzahl seiner Blätter rauschen – »dreihundert Seit'n!« sagte er stolz, »da wird ein bißl was hineinerlebt, das merkst dir. Da wirst Augen machen, wann ich's dir einmal unter die Nas'n halt'!«

Und fuhr ins Russische hinein, der Hans.

Eines Tages kam er von Warschau in Heimatsurlaub.

»Hans, was macht dein Büchl?«

»Was für a Büchl?!« gab er verdrossen zurück.

»Na ja, das dicke Buch halt. Hast schon viel hineing'schrieben?«

»Ja, ja.«

Aber er machte weder Miene, die Faust wieder auf seinen Brustfleck hämmern zu lassen, noch die pralle Masse hervorzuziehen, die noch immer den Waffenrock eng machte.

Gut, wenn nicht, denn nicht.

Aber abends am Stammtisch mußte er mich doch in das Büchl gucken lassen. Er hatte fünf, sechs Seiten mit dem Bleistift vollgekritzelt, einen Ortsnamen hinter dem andern, ein Fünftel richtig, zwei Fünftel falsch und der Rest unleserlich. Aber es war alles schwarz auf weiß festgenagelt, was es von München bis Lodz an Stationen und Statiönchen gab.

»Mensch, sind das die ganzen Eindrücke?!«

»Han??«

»Warum hast du denn nicht mehr g'schrieben?«

»Es gibt halt net mehrer Ortschaften auf dem Weg!«

»Ortschaften! Ortschaften! Aber die Erlebnisse!!«

»Du!« sagte er plötzlich ganz giftig, »sei mir nur stad mit dene Erlebnis! Fahr' du amal sieb'n Täg' und sieb'n Nächt' in einem Trumm fort und darfst bei Tag und Nacht kein Aug' net zudruck'n weg'n dem damischen Notizbüchl – –«

»Hans???«

»Jawoll! Weil mich die andern allweil g'weckt ham und ham g'sagt: Hans, da is wieder a Station, die muaßt dir aufschreibe, dafür hast dei dick's Notizbüchl mitg'nomma. Allweil hat mich wieder a ander aufg'weckt – du, ih sag' dir's im guat'n: von dem Notizbüchl will ih im Urlaub nix mehr hör'n!«

Ja, ich verstand. Und als er wieder nach Warschau abdampfte, schüttelte ich ihm lächelnd die Hände und schielte auffällig nach seinem linken Brustfleck.

»Freilich hab' ih's verbrennt!« schrie er fröhlich, »freilich! Woaßt, wie ih guat schlaf die sieb'n Nächt . . .!«

Das bayrische Hungerjahr

Zur Zeit Max' des Ersten (er hieß »der Gute«, intimer und viel netter aber »da guat' Maxl«) war die Getreideschranne auf dem Marienplatz in München ein halbes Tausend Jahre alt geworden.

Aber die Münchener pfiffen auf den Erinnerungstag – sie lebten in Not und Teuerung.

Das Jahr 1816 war ganz bösartig gewesen, und auf dem Siebzehner ritt dann erst die richtige große Not klapperdürr ins Land, vom Bodensee lechabwärts, vom Salzburgischen den Inn entlang. Was dazwischen lebte in bayerischen Gauen (ach, und erst nördlich der Mainlinie!), hungerte, daß die Rippen krachten.

Die Ämter hatten genug daran zu tun, den Zopf von der linken Schulter zur rechten, auch von der rechten zur linken tänzeln zu lassen, und vor den ungeheuren Tintenfässern lag so viel weißes Hadernpapier unbeschnörkelt, daß man keine Zeit dazu hatte, die Gespanne des Landes zu mobilisieren und nach Ungarn hineinzupeitschen oder irgendwoandershin nach dem Osten.

Die Münchener Schranne wurde gefährlich mager. Sonst hatte man in den sechs Stunden, die man einmal in der Woche tagte, leichthin um einmalhunderttausend Gulden Getreide umgesetzt – setzt waren nicht mehr volle Säcke da, als die Bauern und Händler brauchten, um bequem darauf sitzend die Hausse aller Haussen abzuwarten.

Der König Max lief auf dem Schrannenplatz hin und her – o du prachtvolle alte Zeit! – und mühte sich um Regelung einer Art Höchstpreise. Der patzigen Verdrießlichkeit seiner Schreiber hatte er die Arbeit nicht zumuten dürfen. Im Verkehr mit dem gemeinen Bauern und Handelsmann konnte man den Federschnörkel nicht anwenden, und wenn die stilistischen Künste und Feinheiten und der Geruch der Amtsstube vom Herrn Rat genommen waren, dann blieb nur mehr ein fader Mensch vom gröbsten Kaliber übrig, dem der Bauer gern jede Ungefälligkeit erwies.

Lief halt der gute Max selbst auf die Schranne.

Er mahnte, bat, predigte, drohte vor den Weizensäcken.

Ach, daß er auch so ein dickes Rohr in seiner Rechten geschwungen hätte wie weiland die im Preußischen droben! Auf den Weizensäcken saßen stocksteife und taube Menschen – wetten: beim zweiten Hieb hören sie, beim dritten hüpfen sie. Aber die saßen und brüteten die Hausseeier weiter. Was war zu machen: der König ging von ihnen weg und trug seine Wärme zu denen, die das Knurren ihrer Mägen verdroß. Manchmal weckte er ein paar Bauern das Gewissen und machte die Wucherer bleich, aber im allgemeinen mußte er aus seinem Herzen den Schlüssel zu seiner Kasse nehmen, und dann aßen Tag für Tag tausend und etliche Münchener bei ihm zu Mittag.

Am Monatsfünfzehnten aber führte sein Finanzrat abscheuliche Kriegstänze vor ihm auf, weil er für den König von Bayern pumpen gehen mußte.

Das bayerische Volk darf dem königlichen Menschen das nie vergessen. Es ist genau hundert Jahre her, da spannte er seine Rosse vor seine Wagen, plünderte seine Geldtruhe und sandte die Gespanne nach Getreide aus.

Dann kam er mit seinen Traidsäcken selbst auf die Schranne und schrie: »Liabe Leut'! Liabe Kinder! Da geht's her, zu mir geht's her! Bei mir kost der Traid um einen Gulden weniger!«

– – – Ist das nicht eine warme Jahrhunderterinnerung?

Auch dies Geschichtlein soll 1817 geprägt worden sein:

Da sitzen zwei unterländische Bauern beim Wirt und freuen sich des vielen Korns in ihren Scheunen.

»Gibst du's nit her, Vetter, geb's ich nit her!«

»Nit geb' ich's her!«

Und dann ließen sie die zwei grauen Keferloher Krüg' aneinanderkrachen, wie's der Brauch will bei wackeren Leuten.

»Wenn er aber schön hinaufgeht, der Traid, dann geb' ich ihn her.«

»Mit der Leiter muß er hinaufgehen. Wie die Fliegen auf die Stubendecken, so hoch. Wie die Frösch zum warmen Wetter.«

»Und weißt du, Vetter: ehender wird nit verkauft, ehbevor nit der Knödl einen Gulden kost!«

»Sollst schon leben auch!«

Und sie trinken wieder wie wackere Leut'.

»Vettermann, hast nit g'sagt: Knödl! Knödl sein fein. Wirt, hast heut keine Knödl nit in der Kuchl?«

Der Wirt: »Warum sollt ich keine Knödl nit haben!?«

»Alsdann bringst eine Schüssel voll.«

»Ein Dutzend gleich?«

»Lieber zwei Dutzend. Meinst, ein armer Bauer mag nit fressen? Zwei Dutzend Knödl müssen her!«

– Bis sie die Knödl essen, können wir uns das Geschichtchen zu Ende reimen: »Zwei Dutzend Knödl,« sagt der Wirt, »das tut hait zwei Dutzend Gulden. Zahlt's Bauern! Und jetzt könnt's euern Traid auf die Schrann fahren, ös Haderlumpen – jetzt hat der Knödl den richtigen Preis.«

Damals sind die Pfarrer auf den Kanzeln bös geworden. Alle Geizhäls und Wucherer haben zittern müssen. Sie haben dem einen um den andern das Lederzeug dick angestrichen und die Höll' hübsch warm gemacht.

Der Pfarrer von Unnering hat jeden Sonntag seine Pech- und Schwefelkessel geheizt. daß das Fegfeuer daneben gestanden ist wie ein Eiskeller. Und immer hat er noch einen Arm voll buchenes Holz hineingeworfen in die höllischen Flammen – all die Geizhäls und Wucherer, die in der kalten Unneringer Kirch gesessen sind, haben geschwitzt vor Angst.

Schaut ihn an, den Sünder in der ersten Kirchenbank: der mit dem roten Schneuztüchl, das immer die Stirn wischen muß und wischen muß, das ist der Dreimanndlbauer. Hat viertausend Scheffel Weizen versteckt und Roggen, wer weiß wie viel mehr.

In der zweiten Bank, das ist der Bräu-Simmerl, der Guglhör und der dicke Gschwendner – das schwitzen hundert Maurer nicht zusammen in zehn Hundstagen, was die Wasser unterm Haar haben.

Und der Buchhoser von Buchhof – keinen trockenen Faden hat er am Leib.

Und der Gäukaspar. Und der Furtmayr. Und der Plinganser.

Saggramentisch heiß ist es heut in der Höll' gewest. Wie der Pfarrer Amen sagt, das ist gerad wie ein feines frisches Lüftl im August; und jetzt macht der Pfarrer die höllische Tür zu und geht von der Kanzel und macht das Amt zu End.

Wie er in seinen Pfarrhof heim will, kommt ihm der Oberhofer in den Weg. (Der Allergeizigst von der Gemein – den muß der Teufl extrig holen, denkt sich der Pfarrer.)

Aber der Oberhofer ist kreuzlustig, gibt dem Pfarrer die Hand, lobt die schöne Predigt über den Schellnkönig und stiftet zehn Gulden – der geizig' Oberhofer zehn Gulden! – für eine gleiche Predigt am nächsten Sonntag, ein bissel schärfer, ein bissel rasser, ein bissel gepfefferter.

»Noch viel mehr mußt die Höll' einheizen, Herr Pfarrer, viel mehr!«

»Gottlobundseidank,« sagt der Pfarrer, »alsdann is sie halt doch zu Herzen gangen, die Predigt?«

»Freilich, Herr Pfarrer. Und wann die zehn Gulden nit langen, so hab' ich schon noch zehn für eine scharfe Predigt. Die müssen sich alle miteinand' bekehren, die wo mir alleweil ins Handwerk pfuschen.«

Und rieb sich freundlich die Händ', der Körndlwucherer.

Eigene Buchreihe oder eigenen Verlag gründen

Seit 2009 bietet tredition sein Verlagskonzept auch als sogenanntes "White-Label" an. Das bedeutet, dass andere Unternehmen, Institutionen und Personen risikofrei und unkompliziert selbst zum Herausgeber von Büchern und Buchreihen unter eigener Marke werden können. tredition übernimmt dabei das komplette Herstellungs- und Distributionsrisiko.

Zahlreiche Zeitschriften-, Zeitungs- und Buchverlage, Universitäten, Forschungseinrichtungen u.v.m. nutzen diese Dienstleistung von tredition, um unter eigener Marke ohne Risiko Bücher zu verlegen.

Alle Informationen im Internet: **www.tredition.de/fuer-verlage**

tredition wurde mit mehreren Innovationspreisen ausgezeichnet, u. a. mit dem Webfuture Award und dem Innovationspreis der Buch Digitale.

tredition ist Mitglied im Börsenverein des Deutschen Buchhandels.

Dieses Werk elektronisch lesen

Dieses Werk ist Teil der Gutenberg-DE Edition DVD. Diese enthält das komplette Archiv des Projekt Gutenberg-DE. Die DVD ist im Internet erhältlich auf **http://gutenbergshop.abc.de**